Die Tränen Rasputins

Juergen von Rehberg

Die Tränen Rasputins

The tears of Rasputin

Bibliografische Information der Deutschen National-bibliothek:
Die Deutsche Nationalbibliothek verzeichnet diese Publikation in der Deutschen Nationalbibliografie; detaillierte bibliografische Daten sind im Internet über http://dnb.dnb.de abrufbar.

© *2016 Juergen von Rehberg*

Herstellung und Verlag: BoD – Books on Demand, Norderstedt

ISBN: *978-3-7412-9051-0*

Inhaltsverzeichnis:

Abschied.. 07

1. Versuch... 09

2. Versuch...72

3. und letzter Versuch............................101

Rückkehr... 153

Nachtrag..158

Spekulation... 159

Abschied

Waldemar sah sich ein letztes Mal um, bevor er die Mansardenwohnung verließ, die ihm in den vergangenen zweieinhalb Jahren schützende Behausung vor der bösen Welt da draußen war.

Er hatte sich eine Tasche umgehängt, in der er nur wenige, aber dafür umso wichtigere Dinge, mit sich führte. Es waren dies Zigaretten, ein Feuerzeug, eine Flasche "Tears of Rasputin" und sein Discman.

Mit ihm hatte er noch bis vor wenigen Minuten Musik gehört. Er verließ das Haus der beiden Schwestern, die ihm die Wohnung vermietet hatten.

Die ältere war Witwe und die jüngere hatte nie geheiratet. Waldemar hatte die Wohnung nur bekommen, weil ihn die beiden Damen von früher kannten.

Als Geste der Dankbarkeit erledigte Waldemar kleinere Reparaturen und die ältere Schwester revanchierte sich, indem sie ihn zum Nachmittagskaffee einlud.

Ein Entkommen gab es nicht, und so stellte sich Waldemar willig den Fragen der gar nicht neugierigen Vermieterin im Bezug auf sein vergangenes, gegenwärtiges und zukünftigen Leben.

Er entledigte sich diese Aufgabe mit einer Mischung aus Wahrheit, Dichtung und Lüge, jedoch stets beseelt von der innigen Hoffnung, der Herr im Himmel möge ihm verzeihen. Letzteres war ihm ein rechtes Anliegen.

Als er auf die Straße trat und zu seinem Auto marschierte, wurde er bei jedem Schritt durch das knarrende Geräusch des angefrorenen Schnees begleitet.

Es war Heiligabend und aus den Fenstern drang gelegentlich Musik, die deutlich darauf aufmerksam machte. Ansonsten herrschte tiefe Stille. Man konnte fast das Fallen der Schneeflocken hören, die gerade wieder begonnen hatten das kitschige Bild einer weihnachtlichen Stimmung zu vervollkommnen.

An seinem Auto angekommen, musste er erst einmal den Schnee von den Scheiben entfernen. Es schien, als wäre die Menge des Schnees in diesem Jahr besonders groß.

Waldemar setzte sich in das kalte Fahrzeug und startete. Sein Fahrziel war der gerade einmal 723 Meter hohe Hasenhügel, ein erloschener Vulkan und beliebtes Ausflugsziel, auf dem er in der Vergangenheit ungezählte Male spazieren gegangen war.

Ganz egal, zu welcher Jahreszeit er dort war, es waren immer viele Besucher unterwegs. Aber heute würde es anders sein. Heute würde ihm der Berg allein gehören...

****

1. Versuch

"Hiermit erkläre ich Sie zu Mann und Frau!"

Die honigsüßen Worte aus des Priesters Mund und sein gütiges Lächeln senkten sich sanft auf die frisch Vermählten herab, und im gleichen Sermon fuhr der Mitarbeiter Gottes fort:

"Sie dürfen die Braut jetzt küssen!"

Waldemar tat, wie ihm geheißen. Er hob mit größter Behutsamkeit den Schleier seiner Braut in die Höhe und hauchte ihr einen verhaltenen Kuss auf den roten Mund.

Der Priester verfolgte mit großem Entzücken diesen Vorgang und sein Blick ruhte auf der wunderschönen Braut. Genauer gesagt auf deren Dekolleté.

Er hatte schon viele Trauungen vollzogen und irgendwie war es schon zur Routine geworden. Nicht doch heute. Was da aus dem Kleid vorwitzig heraus sah, ließ ihn für einen kleinen Augenblick sich wieder als Mann fühlen.

Das war einer der Momente, die ihn einmal mehr seine Berufswahl hinterfragen ließ. Einen kleinen Stoßseufzer hinter sich lassend, ging er auf die frisch Vermählten zu, um seine Glückwünsche auszubringen.

Als er der Braut in die Augen sah, von denen kleine, stechende Blitze hervor zuckten, und als sein Blick weiter nach unten wanderte, über den Mund bis zu den...

"Lass mich dich in den Arm neben, liebste Viktoria!"

Mit diesen Worten holte Die Mutter des Bräutigams, Baronin Senta von Soltenau, Hochwürden in seine triste Gegenwart zurück.

Sie hatte den geistlichen Herrn einfach auf die Seite geschoben.

"Ich bin ja so glücklich, dass mein Waldi dich gefunden hat, meine Liebe!"

Viktoria spürte die eiskalte Verlogenheit dieser Frau, mit der sie wohl nie ein harmonisches Verhältnis würde pflegen können, ließ sich aber nichts anmerken.

"Ich danke dir herzlich, liebe Schwiegermama!"

"Nicht doch, Schätzchen", erwiderte die Baronin in einer fast schroffen Art, "nenne mich bitte einfach Senta!"

"Wenn das dein Wunsch ist, dann will ich das gerne tun!" antwortete Viktoria, "aber nur, wenn du mich in Hinkunft nicht mehr Schätzchen nennst!"

Damit waren die Grenzen klar abgesteckt. Senta von Soltenau lächelte gequält und beließ es bei einem kleinen Nicken als Zeichen der Zustimmung.

Es war Viktoria wohl bewusst, dass sie als Schwiegertochter noch nicht einmal die zweite Wahl war. Aber Waldi, wie ihn seine Mutter zu nennen pflegte, hatte sich diese "Dahergelaufene" nun einmal in den Kopf gesetzt.

Und ausgestattet mit den Genen seiner Frau Mama, in Form eines Sturkopfes, ließ er sich Viktoria auch nicht ausreden. Und sein Papa unterstützte ihn darin; wenn auch eher in verdeckter Manier.

Die Riposte von Viktoria auf die Parade der Baronin würde hoffentlich genügen, damit diese nicht ihren wunderschönen Namen Viktoria in Vicki verschandeln würde.

Und ihrem soeben Angetrauten hatte Viktoria von Anbeginn klar gemacht, dass sie ihn niemals Waldi nennen würde. Und Waldemar war entzückt darüber, litt er doch von Kindesbeinen an unter dem Kosenamen, der eher an einen Dackel erinnert, denn an einen Menschen.

Was sich in der Schule weiterführte, erhielt sich bis in das Erwachsensein. Selbst auf sein Bitten, die Mutter möge ihn nicht Waldi nennen, ließ diese nicht davon ab.

Auch auf den Versuch seines Vaters auf die Mutter einzuwirken, blieb es bei Waldi. Der Vater war ja selbst ein Geschädigter. Er hieß Wolfram, was ihm aber nichts nützte. Die Baronin hatte ihn von der ersten Stunde ihrer Begegnung an zum Wolfi gemacht.

Viktorias Eltern hatten ein kleines Imperium geschaffen: "Fallers Fleisch- und Wurstwaren".

Was als eine kleine Metzgerei begann, weitete sich schon sehr bald aus und führte zum jetzigen Unternehmen, was der Familie einen beträchtlichen Wohlstand verschaffte.

Die zu erwartende Mitgift von Viktoria war schlussendlich dann wohl auch der Grund, warum Senta von Soltenau der unstandesgemäßen Verbindung zustimmte.

Der Gutshof der von Soltenaus hatte nichts mehr von seinem früheren Glanz. Es war ein herunter gewirtschafteter Reiterhof. Über ihn hatte Viktoria ihren Waldemar kennen und lieben gelernt.

Wolfram von Soltenau war ein sympathischer und liebenswerter Zeitgenosse; aber beileibe kein Geschäftsmann. Er wusste das nur zu genau, und er hatte seine Gattin immer wieder dazu gedrängt, man möge doch einen fähigen Verwalter einstellen.

Die Baronin wollte jedoch nichts davon wissen. Sie beharrte darauf, dass der Gatte mit Unterstützung des Sohnes den Hof führen solle. Das honorige Gespann "Wolfi und Waldi" bemühte sich zwar aus Leibeskräften, war jedoch völlig überfordert.

Zum Glück kam jetzt der "Wurst-Faller", wie ihn die Baronin abfällig zu nennen pflegte, ins Spiel. Er hatte sich anerboten dem maroden Unternehmen finanziell unter die Arme zu greifen.

Das geschah jedoch nur unter der Prämisse, dass sein Augenstern Viktoria die Leitung des Pferdehofes übernehmen solle. Der Baron stimmte freudig zu und die Baronin tat es zähneknirschend.

Viktoria hatte BWL studiert, um später das elterliche Unternehmen zu führen. Ihrem Vater, der sich noch viel zu jung fühlte, um die Zügel aus der Hand zu geben, kam dieses Arrangement mit dem Baron gerade recht.

Und Waldemar glühte vor Begeisterung, dass seine Viktoria nicht nur seine Zügel sondern auch die des Hofes in die Hand nehmen würde.

Die Hochzeit der jungen Leute wurde bombastisch ausgerichtet. Der große Festsaal wurde hergerichtet, wie auch das restliche Gutsgebäude und die Stallungen.

Als sich herum gesprochen hatte, dass der Reiterhof wieder eine renommierte Adresse unter fähiger Leitung geworden war, dauerte es nicht lange, bis die Pferdebesitzer aus der Umgebung ihre Pferde wieder einstellten.

Und entsprechend groß war auch die Hochzeitsgesellschaft. Die vielen Verwandten der von Soltenaus, die sich in den letzten Jahren etwas zurück gezogen hatten, kamen wieder aus ihren Löchern hervor, angelockt von dem Duft des "Fallerschen Imperiums" und der eventuell damit verbunden Möglichkeiten.

Marianne, die Mutter von Viktoria, betrachtete das Spektakel mit einiger Besorgnis. Sie fühlte sich nicht wohl in dieser Gesellschaft. Ganz anders Erwin Faller, er blühte geradezu auf. Er fühlte sich wie ein Schausteller, der Marionetten vorführte und es gefiel ihm außerordentlich gut.

Ihr Schwiegersohn Waldemar war Marianne gleich ans Herz gewachsen. Er war ganz anders als seine Eltern. Sein ruhiges Wesen, seine Schüchternheit und seine liebenswerte Art, wie er sich Marianne gegenüber verhielt, empfand sie als wohltuend.

Er war ein guter Mann für ihre Viktoria und die Tatsache, dass die Tochter in Zukunft auf dem Reiterhof tätig sein würde, nahm ihr eine sehr große Sorge von den Schultern.

Zwischen ihrem Mann und Viktoria war es immer wieder zu Unstimmigkeiten gekommen. Viktoria hatte ihre eigenen Vorstellungen, was die Führung des elterlichen Betriebs anging, und Erwin war nicht immer davon begeistert.

Dieser Knoten war jetzt Gott sei Dank gelöst. Jeder hatte sein eigenes Betätigungsfeld und keiner kam dem anderen dabei in die Quere.

"Einen Penny für deinen Gedanken!"

Es war Wolfram, der neue Schwager von Marianne, der sie aus ihren Gedanken riss. Wolfram war in Ordnung. Mit ihm konnte Marianne umgehen, nicht jedoch mit seiner Gattin, der Baronin.

Marianne war es sehr schwer gefallen das "Du-Wort" anzunehmen. Jedoch ganz sicher nicht schwerer als der guten Senta. Aber es war nun einmal unumgänglich und so machte man ganz einfach gute Miene zum bösen Spiel.

Erwin, der Metzger, der er nun einmal war und der er wohl auch immer sein würde, hatte da keinerlei Berührungsängste. Er nannte seine neue Verwandtschaft ungeniert Sentalein und Wolfi und ein gelegentlicher Schulterklopfer bei Wolfi musste sein.

Senta zuckte jedes Mal zusammen, wenn Erwin sie so nannte und das joviale Klopfen auf ihres Gatten Schulter ließ sie beinahe die Besinnung verlieren.

"Es ist nichts!" sagte Marianne und lächelte Wolfram zu. "Es ist alles in bester Ordnung!"

"Dann ist es ja gut!" sagte Wolfram und fügte hinzu: "Darf ich mir für später einen Walzer bei dir reservieren?"

"Sehr gern, mein Lieber!" antwortete Marianne und sie meinte es so, wie sie es gesagt hatte.

Die Baronin genoss das rauschende Fest in vollen Zügen und mit großer Genugtuung, hatte sie doch den gesellschaftlichen Stellenwert wieder erlangt, den sie so lange vermisst hatte.

Ihre Verwandten umschwirrten sie wie die Fliegen die Exkremente einer Kuh und die Honoratioren der Stadt küssten ihr brav die Hand.

Und mitten drin in dem ganzen Trubel steckte auch Wurst-Erwin, herum wedelnd mit seiner teuren Zigarre und umhüllt von deren Rauch.

Der Baron führte Smalltalk mit den zurück gewonnenen Reitersleuten, welche ihre teuren und kostbaren Vierbeiner dem neuen Management wieder vertrauensvoll zur Verfügung stellten.

Und Waldemar, eigentlich neben seiner wunderschönen Braut die Hauptperson, kam sich in dem ganzen Trubel etwas verloren vor.

Er konnte zwar auf einem Pferd sitzen und es auch vorwärts bewegen, war aber beileibe kein passionierter Reiter. Und das Thema "Pferde" war jetzt nicht wirklich das verbale Terrain, auf dem er brillieren konnte.

Also widmete er sich den Verwandten und überließ seiner lieben Frau Mama und dem verehrten Herrn Schwiegerpapa das Parkett.

Es war interessant zu beobachten, wie sich die Ablehnung der Baronin dem "Wurst-Faller" gegenüber im Verlaufe des Festes langsam aber stetig in eine Art Bewunderung umwandelte. Sie nannte ihn inzwischen auch schon "Wurst-Erwin".

Erwin Faller, mit Leib und Seele Metzger, ausgestattet mit einer adäquaten Figur, war ein "Macher", eine "Energiekugel", was seine Leibesfülle deutlich unterstrich.

Und die Baronin passte rein figürlich recht gut zu "Wurst-Erwin". Natürlich war da noch der Standesunterschied. Aber was nützten schon Stand und Titel ohne die dazu notwendigen Mittel.

Der Glanz des Adels, welcher einst der bürgerlichen Senta Böger, damals Fachkraft für Pediküre und Maniküre, das Haupt mit einem Heiligenschein umschmeichelte, war der Wirklichkeit schon längst gewichen.

Zugegeben, es war nicht Liebe, welche sich in ihr Herz geschlichen hatte, als ihr der Baron von Soltenau seine Hände zur Maniküre reichte. Es war der Name, welcher sich in Sentas Hirn einschlich und aus einem unscheinbaren Mann einen Ritter in weißer Rüstung machte.

Die schönen Augen und die damals noch intakte Figur der guten Senta verfehlten nicht ihren Reiz, den sie auf den noblen Herrn ausübten.

Und schon wenige Wochen später hatte der Baron die Festung Senta im Sturm genommen, und es war ihm noch nicht einmal aufgefallen, dass es die belagerte Senta selbst war, welche ihm das Tor der Festung geöffnet hatte.

Waldemar saß still in einer Ecke des Festsaals und beobachtete die Gesellschaft, so als gehöre er gar nicht dazu. Und ein wenig fühlte er sich auch so.

"Komm, lass uns tanzen!"

Die Stimme Viktorias riss ihn aus seinen Gedanken.

"Wir haben doch schon miteinander getanzt", sagte Waldemar und sah Viktoria mit den Augen seiner großen Verliebtheit an.

"Das zählt nicht", sagte Viktoria, "das war der Eröffnungswalzer. Ich möchte noch viel mehr tanzen und immer nur mit dir!"

Waldemar musste lachen. Die Fröhlichkeit seiner wunderschönen und über die Maßen liebenswerten, jungen Ehefrau steckte ihn an.

"Ich möchte das ja auch", sagte Waldemar entschuldigend, "aber wie du ja weißt, macht mir mein Knöchel wieder Probleme."

"Ist es so schlimm?" fragte Viktoria und eine tiefe Besorgnis lag in ihrer Stimme.

"So schlimm nun auch wieder nicht", antwortete Waldemar, "aber der Tag ist noch lang und ich muss mir meine Kräfte ein wenig einteilen."

"Dann kommt ja auch noch eine anstrengende Nacht!" flüsterte Viktoria mit einem Augenzwinkern, "und daher ist es äußerst vernünftig von dir, dass du dich jetzt schonst!"

"Wärst du mir böse, wenn ich mit anderen Männern tanzen würde?" setzte Viktoria nach.

"Wie könnte ich diesem Wirbelwind je böse sein", dachte sich Waldemar und er sagte:

"Geh du nur und tanze! Ich werde dir bewundernd zusehen!"

"Du bist ein Schatz!" sagte Viktoria und gab ihrem Liebsten einen Kuss.

"Dann werde ich mir gleich einmal deinen Vater schnappen!" sagte Viktoria lachend und rauschte davon.

Das Problem mit Waldemars Knöchel stammte noch nicht einmal von einem Reitunfall, wie man annehmen könnte. Es passierte beim Radfahren.

"Quel blâmage", war der Kommentar der Frau Baronin, die sich für ihren tollpatschigen Sohn schämte. "Wenn es wenigstens beim Reiten passiert wäre; aber so..."

Sie sagte das, obwohl sie selbst noch nie auf dem Rücken eines Pferdes verweilt hatte. Sie tat das nicht, weil ihr ob ihres Gewichtes das Pferd leid getan hätte, sondern weil sie Tiere nicht mochte; ganz egal in welcher Größe.

Waldemar hatte nie ein besonderes Verhältnis zu seiner Mutter. Sie hatte für ihn beizeiten eine Erzieherin bestellt, und auf der Welt war er nur, weil der Baron einen Erben haben wollte.

Zu ihrer großen Freude, führte der erste Versuch zur Zeugung eines Knaben zum Erfolg und damit war die Angelegenheit "Kinderkriegen" für Senta endgültig und unumstößlich erledigt. Selbst nachfolgenden Versuchen der Bestechung durch den Baron in Form von in Aussicht gestellten weiteren Schmuckgegenständen widerstand die Gräfin erfolgreich. Und so blieb es bei dem kleinen Waldi als zukünftigen Erben.

Als Klein-Waldi, der immer wieder erfolglos um die Liebe seiner Mutter buhlte, sich an den Vater wandte, musste er feststellen, dass er dort auch nicht finden konnte, was er bei der Mutter suchte.

Senta von Soltenau hatte ihrem Mann unmissverständlich klar gemacht, dass der Knabe mit strenger Hand zu erziehen wäre, um später der würdige Herr auf Gut Soltenau sein zu können.

Und der Herr Baron beugte sich dieser Weisung, weil er schon bald nach seiner eigenen Hochzeit seine Hosen ausziehen musste, auf dass sie fortan von der lieben Gattin getragen werden konnten.

Es war schon bald nach Mitternacht, als sich das Brautpaar diskret zurück zog.

Waldemar spürte, dass er aufgeregt war. Es würde das erste Mal sein, dass er mit einer Frau zusammen wäre. Es geziemte sich nicht in seinen Kreisen, dass man voreheliche Handlungen vornahm.

Dass das nicht auf dem Mist von Senta gewachsen war - so würde sie sich wohl ausgedrückt haben - lag nahe. In dieser Angelegenheit kamen die Wertigkeiten des Herrn Baron deutlich zum Ausdruck.

Waldemar hatte natürlich schon intime Beziehungen hinter sich. Aber das war nicht aus einer Liebesbeziehung heraus geschehen, das fand gegen Bezahlung statt.

Und das auch nur, um nicht gegen den Strom zu schwimmen. Seine Kommilitonen von der Universität nahmen ihn eines Tages mit und er fügte sich.

Aber heute Nacht, das würde etwas ganz Besonderes sein. Er würde sich mit der großen Liebe seines Lebens vereinen und er würde glücklich sein; einfach nur glücklich.

"Bist du mir sehr böse, wenn wir unsere Hochzeitsnacht auf morgen verschieben, mein Liebling?"

Mit dieser Frage zerstörte Viktoria mit einem Schlag das wunderschöne Gebäude aus Illusionen, in welchem Waldemar gerade eben noch lustwandelt war.

"Ich bin hundemüde. Ich habe viel zu viel getanzt und wahrscheinlich auch etwas zu viel getrunken. Das verstehst du doch, mein Liebling; oder?"

Die Antwort Waldemars drang wie mechanisch aus seinem Mund: "Selbstverständlich versteh ich das, mein Liebling!"

"Das habe ich gewusst!"

Viktoria gab Waldemar einen Kuss, wünschte ihm noch einen gute Nacht und drehte sich auf die Seite. Im Gegensatz zu Waldemar hatte Viktoria durchaus ein sexuelles Vorleben. Reichlich und natürlich ohne Bezahlung!

Es dauerte nicht lange, bis tiefe Atemgeräusche davon zeugten, dass Viktoria schon tief in Morpheus' Armen lag.

Waldemar hingegen konnte keinen Schlaf finden. Zu sehr ging ihm das zuvor Geschehene durch den Kopf. Er erinnerte sich daran, wie alles begonnen hatte.

Viktoria war auf den Reiterhof gekommen, um Reitunterricht zu nehmen. Max Börner, der Reitlehrer, hatte schon sehr bald das außergewöhnliche Talent der jungen Reiterin erkannt.

Als Viktoria in das Büro von Waldemar kam, um Formalitäten zu erledigen, hatte es sofort gefunkt. Bei Waldemar war es Liebe auf den ersten Blick; bei Viktoria wohl auf den zweiten oder gar erst auf den dritten.

Viktoria gefiel die etwas zurück haltende, ja schon fast schüchterne Art von Waldemar. Er war ganz anders als die vielen Männer, denen Viktoria bisher begegnet war.

Als sie ihren Eltern davon vor schwärmte, fing ihr Vater sofort Feuer. Viktorias Mutter sah das jedoch mit anderen Augen. Sie scheute diese Welt, in welcher sie ihre Tochter nicht zu sehen vermochte. Nach ihrer Meinung passten sie nicht dort hin: Viktoria nicht und ebenso wenig ihre Eltern.

Aber sie dachte es nur; sprach es jedoch nicht aus. Gegen die Sturköpfe von Ehemann und Tochter wäre sie sowieso machtlos gewesen.

Waldemar erinnerte sich an ihren ersten Kuss. Mein Gott, wie war er aufgeregt. Er fragte sich immer wieder, warum Viktoria gerade ihn auserwählt hatte.

Und er fragte sich das auch in diesem Augenblick, als er desillusioniert neben einer begehrenswerten, jungen und wunderschönen Frau lag, welche sich der Nacht der Nächte entzogen hatte, auf die sich Waldemar so sehr gefreut hatte.

"Guten Morgen, mein Liebling; ich hoffe, du hast gut geschlafen!"

Mit diesen Worten begann der erste Morgen einer Ehe, welche de facto noch gar nicht vollzogen war.

"Danke der Nachfrage!" antwortete Waldemar in wohlerzogener Weise, und er bemühte sich die Lüge durch ein Lächeln wahr erscheinen zu lassen.

"Ich habe geschlafen wie ein Baby", sagte Viktoria und dann überraschte sie Waldemar mit dem Satz:

"Ich gehe nur kurz ins Bad und dann wird die Hochzeitsnacht nachgeholt!"

Waldemar schaute entsetzt in Viktorias unbekümmertes Gesicht und stammelte:

"Jetzt? Am helllichten Tag?"

"Ja!" antwortete Viktoria lachend, "jetzt am lichten Tag! Oder hast du ein Problem damit?"

"Nein; natürlich nicht!" antwortete Waldemar, obwohl sich gerade alles in seinem Kopf drehte.

"Gut, dann ziehe dich bitte aus; ich komme gleich wieder!"

Viktoria ging ins Bad und als sie zurück kam, sah Waldemar sie zum ersten Mal in ihrer ganzen Nacktheit. Es erregte ihn über die Maßen und Viktoria, welche das erkannt hatte, sagte in flapsiger Manier:

"Hui! Da hat es aber jemand schon sehr eilig!"

Was danach folgte, war hemmungsloser und wilder Sex. Viktoria genoss ihn in vollen Zügen und auch Waldemar ließ sich mitreißen.

Und dennoch blieb danach ein schaler Geschmack zurück. So erfüllend der morgendliche Sex auch war, so fehlte doch die Magie einer Hochzeitsnacht, wie sie sich Waldemar gewünscht hätte und auch vorgestellt hatte.

"Nun, mein Gemahl; hat es dir gefallen?" fragte Viktoria mit einem leicht ironischen Unterton und schaute Waldemar erwartungsvoll dabei an.

"Es war wunderbar", antwortete Waldemar ohne jedwede Gemütsregung, was Viktoria jedoch übersah. Sie tat das sicher nicht aus Absicht, sonst hätte sie nicht hinterher gesagt:

"Was? Nur wunderbar? Das war außergalaktisch gut!"

Ihr helles Lachen, mit dem sie den Satz begleitete, wirkte versöhnlich auf Waldemar und er antwortete, von einem kleinen Lächeln begleitet:

"Du hast völlig recht! Es war umwerfend!"

"Das will ich meinen", sagte Viktoria, "das machen wir bald wieder. Aber jetzt muss ich erst einmal etwas Ordentliches frühstücken!"

Die Hochzeitsnacht, die eigentlich ein erweiterter Hochzeitstag war, brachte neun Monate später ein beeindruckendes Ergebnis: Viktoria brachte Zwillinge auf die Welt.

Zwei stramme Burschen sicherten somit das Fortbestehen derer von Soltenau. Viktoria bestand auf die Namen Armin und Bodo und so wurden sie auch getauft.

Die alte Marotte von Senta im Bezug auf die Verstümmelung von Vornamen hatte sie dazu bewogen diese Namen auszuwählen. Somit wäre keine Gefahr gegeben, dass irgendwelche Verniedlichungsformen zur Anwendung gelangen könnten.

Waldemar wurde erst gar nicht gefragt und auch dass die Vornamen nach dem Alphabet geordnet zu vergeben wären, stand nie zur Diskussion.

Senta von Soltenau zeigte sich über die Maßen entsetzt, die Wahl der wenig klingenden Namen für die beiden Knaben betreffend, unterließ es aber Viktoria darauf anzusprechen.

Die Kinder wuchsen heran und Viktoria hatte mit der Führung des Reiterhofes alle Hände voll zu tun. So war es auch nicht wirklich verwunderlich, als sie eines Tages Waldemar den Vorschlag unterbreitete, die beiden Jungs in ein Internat zu geben.

Genau genommen, war das kein Vorschlag, es war eher eine Mitteilung, denn Viktorias Entschluss stand schon seit geraumer Zeit fest.

Die nächste Überraschung, welche Viktoria bereit hielt, war die Information über die Entlassung von Herrn Börner, dem alten Reitlehrer.

"Wir müssen den Wünschen unserer Klientel Rechnung tragen", so die Begründung von Viktoria und ergänzend:

"Es interessieren sich immer mehr junge Menschen für den Reitsport und dafür brauchen wir einen jungen, dynamischen Reitlehrer, der sowohl den Ansprüchen der jungen als auch denen der älteren Reitschüler gerecht wird."

"Ich nehme an, du hast schon einen fähigen Kandidaten bei der Hand", sagte Waldemar, der mit dieser Entscheidung gar nicht glücklich war. Er selbst hatte bei Max Börner das Reiten gelernt, und dass er talentfrei war, dafür konnte der Reitlehrer ja nichts.

"In der Tat, mein Liebling", antwortete Viktoria, "ich habe den Besten; ich habe Frederique Hörmann!"

Der Triumph in Viktorias Stimme war nicht zu überhören. Jeder, der dem Reitsport auch nur ein wenig verbunden ist, weiß natürlich sofort, wer das ist:

Frederique Hörmann, eine Legende im Reitsport. Ehemaliger mehrfacher Schweizer Landesmeister im Springreiten, zweifacher Weltmeister und Goldmedaillengewinner bei Olympia.

Waldemar hatte noch das Wort "Liebling" im Ohr, als er Viktoria antwortete. So hatte sie ihn schon sehr lange Zeit nicht mehr genannt. Viktoria ging in ihrer Arbeit so sehr auf, dass für Gemeinsamkeiten kaum mehr Zeit übrig blieb. Und was die sogenannten ehelichen Pflichten betraf, so mussten diese hinter den beruflichen Pflichten hinten anstehen.

"Frederique Hörmann", wiederholte Waldemar betont langsam, "der Meister persönlich."

"Ja! Ist das nicht toll?" sprudelte es voller Begeisterung aus Viktoria heraus.

"Das ist toll! Und sicher nicht ganz billig", sagte Waldemar. "Und wer soll das bezahlen?"

"Zugegeben, billig ist er nicht", antwortete Viktoria, "aber du wirst sehen, spätestens in ein bis zwei Jahren hat sich das amortisiert."

"Vorausgesetzt, er bleibt auch so lange", wendete Waldemar ein.

"Keine Angst", sagte Viktoria, "dafür werde ich schon sorgen!"

Waldemar bemerkte, wie sich eine tiefe Traurigkeit in sein Herz schlich. Er fragte sich, was aus der Frau geworden war, die ihm einst engelsgleich schien, in die er sich Hals über Kopf verliebt hatte.

"Davon bin ich überzeugt", sagte er, stand auf und verließ den Raum. Er hatte Tränen in den Augen und er schämte sich nicht dafür.

Als Waldemar einige Zeit später Frederique Hörmann zum ersten Mal Auge in Auge gegenüber stand, wusste er sofort, dass er Viktoria verlieren würde.

Ein Mann in den besten Jahren, tolles Aussehen, gute Figur, charmant und redegewandt. Und dazu noch ein großer Pferdflüsterer vor dem Herrn.

Waldemar konnte diesem Mann noch nicht einmal böse sein. Zu allem Übel war er auch noch sehr sympathisch und die beiden Männer begegneten sich mit einer großen Offenheit, ja man könnte sagen, beinahe schon fast freundschaftlich.

Das ging sogar so weit, dass man gelegentlich ein Glas Wein miteinander trank und sich in vergnüglichen Plaudereien verlor.

Viktoria genoss es sehr, dass sich die beiden Männer so gut verstanden. Das ermutigte sie sogar Waldemar ihre Absicht zu unterbreiten wieder in den Turniersport einzusteigen. Frederique hatte sie darauf angesprochen und Viktoria hatte sofort angebissen.

"Was sagst du dazu", begann sie das Gespräch, als sie sich im Bett an Waldemar schmiegte, was sie schon seit ewigen Zeiten nicht mehr gemacht hatte, "ich möchte wieder gerne Turnier reiten?"

"Wieso fragst du mich das?" antwortete Waldemar, in dem sich alles sträubte sich der zweckgebunden Zärtlichkeit auszuliefern.

Viktoria wusste genau, wie sie den Widerstand ihres Gatten brechen konnte. Es bedurfte nur weniger Handgriffe und Waldemar kapitulierte kampflos.

Als der Liebesakt beendet war, nahm Viktoria das Gespräch wieder auf. Waldemars Seele fröstelte. Er konnte nicht verstehen, was Viktoria gerade tat.

Gerade noch im Rausch der Sinne und jetzt eine 180 Grad - Wende in Richtung Verstand. Das war in Waldemars Augen einfach nur monströs.

In diesem Augenblick fragte sich Waldemar zum ersten Mal, ob das noch Liebe war, was die beiden verband. Viktoria sprach er dieses Gefühl ab und bei sich selbst war er sich in diesem Augenblick nicht mehr sicher.

Viktoria machte gute Fortschritte und es war wohl nur noch eine Frage der Zeit, bis sie ihr erstes Turnier reiten würde.

Die Sommerferien standen vor der Tür und mit ihnen der Besuch von Armin und Bodo auf Gut Soltenau.

Waldemar freute sich schon sehr auf die beiden Burschen und mit ihm auch sein Vater. Großmama Senta hielt sich mit ihrer Freude dezent zurück.

Sie hatte sich inzwischen ihr eigenes Leben eingerichtet. Es bestand vornehmlich aus Besuchen von Modeschauen und Bridgerunden mit den Damen der besseren Gesellschaft.

Baron Wolfram war das gar nicht so unrecht. Auf diese Weise hatte er wenigstens seine Ruhe und musste sich nicht ständig anhören, dass Viktoria wohl doch nicht die richtige Wahl als Schwiegertochter gewesen wäre.

Viktoria und im Besonderen deren Verhalten der verhassten Schwiegermutter gegenüber brachte Senta oft an den Rand der Verzweiflung. Es ärgerte sie maßlos, dass sie Viktoria nicht gewachsen war und dass sie eindeutig die Zügel auf Gut Soltenau fest in ihren Händen hielt.

Der Erfolg gab Viktoria nun einmal Recht, denn sie hatte aus dem herunter gewirtschafteten Reiterhof in kürzester Zeit wieder ein prosperierendes Unternehmen gemacht.

Das ging soweit, dass sogar der Personalstand aufgestockt werden musste. Um sich mehr um ihr eigenes Training kümmern zu können, hatte Viktoria vor kurzem auch einen Verwalter eingestellt.

Patrick Walsh, so hieß der Mann, war mit seiner Ehefrau Marianne in das kleine Cottage eingezogen, das zum Gut Soltenau gehörte. Er war Major und diente als Verwaltungsoffizier in der britischen Armee.

Während seiner Stationierung in Deutschland verliebte er sich in Land und Leute und im speziellen in ein wesentlich jüngeres "german girl" mit Namen Marianne. Der rothaarige, sommersprossige Offizier machte ihr einen Heiratsantrag und die verliebte Marianne sagte - gegen den Willen ihrer Eltern - "JA".

Dass der gute Patty neben Whiskey und Beer auch Frauen liebte, und das in Mengen und großer Zahl, hatte Marianne durch die "rosarote Brille" nicht erkennen können.

****

Als Armin und Bodo auf dem Gut eintrafen, waren sie sehr überrascht. Seit ihrem letzten Besuch in den Weihnachtsferien hatte sich einiges verändert.

Gleich beim Eingangstor zum Gutshof spannte sich ein schmiedeeiserner Bogen mit einem stilisierten Hengst und der Inschrift: "Reiterparadies Soltenau" über den Weg. Und auf dem Hof herrschte rege Betriebsamkeit.

Waldemar nahm seine Söhne freudig in den Arm und die beiden erwiderten seine Begrüßung mit großer Herzlichkeit. Die Zeit von Weihnachten bis in den Sommer war schon recht lang. Waldemar besuchte sie zwar regelmäßig im Internat; aber zuhause sein, das war ja dann doch etwas Anderes.

Viktoria hatte es in der Zeit nicht ein einziges Mal geschafft ihre Söhne zu besuchen. Sie war viel zu sehr damit beschäftigt ihre Fähigkeiten im Sattel zu vervollkommnen. Und selbst jetzt war sie zur Begrüßung nicht erschienen,

"Ihr seid ja schon wieder gewachsen", sagte Waldemar, der bemerkt hatte, dass sich Armin und Bodo umsahen, ob nicht die Mutter kommen würde.

"Wo ist Mama?" fragte Armin und Waldemar entschuldigte die Nichtanwesenheit von Viktoria mit der Begründung, sie habe einen wichtigen Termin beim Anwalt in der Stadt.

Die Enttäuschung stand den beiden Söhnen klar erkennbar in ihr Gesicht geschrieben.

"Wie geht es Großvater?" fragte Bodo.

"Geht hin und fragt ihn selbst!" antwortete Waldemar, "er kann es kaum erwarten euch zu sehen."

Als der alte Herr Baron seine zwei Enkelkinder sah, ging ein Leuchten über sein Gesicht. Er liebte sie sehr und er konnte nicht verstehen, warum Senta, ihre eigene Großmutter, so wenig Interesse an ihnen zeigte.

"Was macht die Reitkunst?"

Die beiden jungen Herren sahen sich kurz an und dann antwortete Armin:

"Bei mir läuft es ganz gut!"

"Und was ist mir dir?" fragte Opa Wolfram zu Bodo gewandt.

"Ich hoffe, du bist mir nicht böse, Großvater; aber ich habe das Reiten aufgegeben!"

"Aber warum denn?" fragte der Baron mit leiser Stimme und seine Enttäuschung war nicht zu übersehen.

"Er hat seine Liebe für die Dichtkunst entdeckt", antwortete Armin für Bodo.

"Aha", sagte der Großvater und sah seinem Enkel tief in die Augen, "du bist jetzt also ein Dichter!"

Bodos Augen bekamen einen feuchten Glanz, als er zu bemerken glaubte, dass sein Großvater von ihm enttäuscht wäre.

"Komm einmal her, du Poet!" sagte der Baron mit einem Lächeln, und dann nahm er Bodo in seine Arme und drückte ihn.

"Das ist schon in Ordnung", sagte er und fuhr seinem Enkel über den Kopf, "das Land braucht Dichter genauso sehr wie Reitersleute. Die Welt wäre arm ohne einen Goethe oder Schiller!"

Bodo war sichtlich erleichtert über die Worte seines Großvaters. Es wurde ihm einmal mehr bewusst, wie sehr er ihn liebte.

"Danke, Großvater!" sagte er und fiel ihm dabei um den Hals.

"Sachte, sachte, junger Mann!" sagte der alte Baron und auch seine Augen bekamen diesen feinen, feuchten Glanz.

"Und von dir will ich später eine Kostprobe deines Könnens sehen, junger Sportsmann!" sagte er zu Armin, der sich sichtlich darüber freute.

Als Waldemar seine beiden Söhne später zu den Stallungen führte, kam ihnen Frederique, der neue Reitlehrer entgegen.

Bodo erkannte ihn schon von weitem und fragte Waldemar ganz aufgeregt: "Ist das nicht Frederique Hörmann, der Olympiasieger?"

"Ja, das ist er!" antwortete Waldemar, "er ist jetzt der Reitlehrer auf Soltenau!"

"Das ist ja super!" rief Armin voller Begeisterung.

Die Begeisterung von Bodo hingegen blieb aus. Stattdessen fragte er verwundert: "Und was ist mit Onkel Max?"

Die Kinder hatten den alten Reitlehrer immer so genannt. Bei ihm hatten sie die ersten Reitstunden.

"Der ist nicht mehr da", antwortete Wolfram, und er konnte die Enttäuschung von Bodo nur allzu gut nachvollziehen. Zugegeben, der Aufschwung auf Gut Soltenau war nicht zu übersehen; aber um welchen Preis?

Ein langer und verdienter Weggefährte wurde in die Wüste geschickt, obwohl er auch in schlechten Zeiten dem alten Baron die Treue gehalten hatte.

Und die Beschaulichkeit eines kleinen Gutshofes wurde eingetauscht gegen ein optimal geführtes und perfekt durchstrukturiertes Unternehmen.

Aus wirtschaftlichem Aspekt ein voller Erfolg; aber menschlich gesehen...

Und nicht zu vergessen das Familienleben derer von Soltenaus, das es schon lange nicht mehr gab.

"Hallo, ihr beiden!"

Mit diesen Worten begrüßte der neue Reitlehrer die jungen Soltenaus.

"Ich freue mich sehr euch kennen zu lernen! Jetzt müsst ihr mir nur noch sagen, wer Armin und wer Bodo ist!"

"Ich bin Armin!" drängte sich der reitbegeisterte Junior in den Vordergrund und streckte Frederique die Hand entgegen.

"Freut mich Armin! Und ich heiße Frederique!"

"Das weiß ich!" sprudelte es aus Armin heraus, "wer kennt Sie nicht?"

"Du kannst ruhig DU zu mir sagen!" antwortete Frederique, "das gilt natürlich auch für dich!"

Mit diesen Worten wandte sich Frederique zu Bodo und gab ihm die Hand.

"Bist du der bessere Reiter oder dein Bruder Armin?"

"Ich reite viel besser als Bodo! Der dichtet lieber!"

Wieder hatte sich Armin in den Vordergrund gedrängt und bevor Waldemar, dem das missfiel, einschreiten konnte, sagte Frederique:

"Mein lieber, junger Freund, ich habe deinen Bruder gefragt und nicht dich! Ich denke, Bodo kann für sich selbst sprechen; nichtwahr?"

Bodo nickte zustimmend und Armins Gesichtsfarbe veränderte sich in ein tiefes rot.

"Du schreibst Gedichte? Das finde ich bewundernswert. Den Namen eines Dichters vergisst man nie; der Name eines Sportlers hingegen beginnt irgendwann zu verblassen."

Waldemar empfand in diesem Augenblick eine tiefe Bewunderung für das Feingefühl dieses Mannes.

Bodo lächelte und starrte Frederique voller Freude an. Er war es ja gewöhnt, dass sich Armin bei jeder Gelegenheit in den Vordergrund drängte, und es machte ihm auch nichts mehr aus; aber die Situation gerade eben genoss er aus tiefstem Herzen.

Er empfand eine tiefe Dankbarkeit für den fremden Mann, und er musste sich sehr zurückhalten, um ihn nicht zu umarmen. So begnügte er sich mit einem schlichten: "Danke, Herr Frederique!"

"Den „Herrn" lassen wir schnell wieder weg, mein lieber Bodo, sonst muss ich zu dir auch „Herr Bodo" sagen." Jetzt mussten beide herzlich lachen.

Frederique fühlte sich seltsam hingezogen zu dem jungen Mann, der vor ihm stand. Vielleicht wurde ihm in diesem Augenblick wieder einmal schmerzlich bewusst, wie sehr er es bedauerte nie eine Familie gehabt zu haben. Sein Sport war ihm immer wichtiger, und nun war er in einem Alter, wo es schwer war noch die richtige Partnerin zu finden.

"So, jetzt aber weiter zu den Stallungen!" sagte Waldemar zu seinen Söhnen, "ihr werdet staunen, was sich da alles verändert hat!"

"Ich muss auch wieder weiter", sagte Frederique, "ich werde schon erwartet, nämlich von..."

Bevor Frederique den Satz beenden konnte, schüttelte Waldemar heftig hinter dem Rücken seiner Söhne mit dem Kopf und fiel Frederique ins Wort:

"Dann lasse dich nicht aufhalten; wir sehen uns dann später!"

Hätte Frederique den Satz zu Ende geführt, wäre die Lüge von Waldemar, dass Viktoria einen wichtigen und unaufschiebbaren Termin in der Stadt wahrnehmen würde, wie eine Seifenblase zerplatzt.

Armin, der Pferdenarr, hätte sehr wahrscheinlich Verständnis dafür gehabt, dass seiner Mutter das Training wichtiger war als die Begrüßung ihrer Söhne; aber Bodo hätte es ganz sicher traurig gemacht. Und das wollte Waldemar einfach nicht zulassen.

Als Frederique am Übungsplatz ankam, wartete Viktoria schon voller Ungeduld.

"Wo bleibst du denn so lange?" fragte sie in leicht vorwurfsvollem Ton. "Arabella muss bewegt werden. Sie ist heute besonders zickig!"

Da saß sie nun auf ihrer prächtigen Stute, Baronin Viktoria von Soltenau und Frederique fragte sich, wer wohl von beiden die größere Zicke wäre.

Zu Beginn seiner Tätigkeit als Reitlehrer, als er anfing mit Viktoria zu arbeiten, hatte sich Frederique sogar ein wenig in Viktoria verliebt. Er hatte ihr aber zu keiner Zeit Avancen gemacht, dazu schätzte er Waldemar zu sehr.

Doch mit dem Trainingsfortschritt von seiner Reitschülerin ging auch eine Verwandlung einher. Der Ehrgeiz nahm immer mehr Besitz von Viktoria und veränderte ihre Persönlichkeit.

Und das geschah nicht zu ihrem Vorteil. Frederique liebte die Pferde ebenso sehr wie Viktoria.

Wie sonst hätte man erklären können, warum ein Mann, der alles in seinem Sport erreicht hatte und auch finanziell ausgesorgt hatte, sich als Reitlehrer verdingte.

Aber der Ehrgeiz, im Sport an die Spitze zu kommen, hatte ihn nie seine Wertigkeiten vergessen lassen. Der Respekt und die Achtung den Menschen gegenüber, mit denen er zu tun hatte, war ihm zu keiner Zeit abhanden gekommen.

"Ich will dir sagen, warum ich mich verspätet habe", ging Frederique auf Viktorias Frage ein, "ich habe gerade deine beiden prächtigen Söhne begrüßt und kennengelernt!"

Viktoria schluckte bei dieser Antwort. Ein kleiner Anflug von schlechtem Gewissen bedrohte sie; aber nur für einen kurzen Augenblick.

"Ich werde sie später beim Abendessen begrüßen", sagte sie fast entschuldigend, "aber nun lass uns endlich anfangen!"

Damit war das Gespräch beendet. Lehrer und Schülerin widmeten sich weiterhin intensiv - wie schon seit vielen Monaten, Wochen und Tagen - dem großen Ziel: "Deutsche Meisterschaften im Springreiten".

Beim Abendessen saß die Familie von Soltenau seit langer Zeit wieder einmal komplett beisammen. Als Viktoria ihre Söhne willkommen hieß, wollte sie erklären, warum sie zur Begrüßung nicht anwesend sein konnte.

"Ich konnte euch nicht gleich begrüßen, weil ich..."

Weiter kam Viktoria nicht, denn Waldemar fiel ihr ins Wort, indem er sagte: "Ich habe den Kindern bereits gesagt, dass du einen wichtigen Anwaltstermin in der Stadt hattest."

Viktoria sah Waldemar fragend an. Sie verstand nicht, warum er das getan hatte, beließ es aber dabei.

Nach dem Abendessen nahm sie Waldemar beiseite, um ihn nach dem Grund seiner "absurden Aktion" zu fragen.

"Das fragst du noch?" sagte Waldemar empört, "findest du nicht, dass es für eine Mutter mehr als angemessen gewesen wäre bei der Begrüßung ihrer Söhne, nach so langer Zeit der Abwesenheit, zur Stelle gewesen zu sein?"

Und noch bevor Viktoria etwas einwenden konnte, fuhr Waldemar fort:

"Stattdessen hüpfst du mit einem Pferd lieber über Oxer, Mauern und Wassergräben!"

"Sieh an!" eiferte sich Viktoria, "dafür, dass du mir noch nicht ein einziges Mal dabei zugesehen hast, kennst du dich ja recht gut aus!"

"Lass das bitte," sagte Waldemar, "und erspare mir deinen Zynismus!"

"Du hast damit angefangen; nicht ich!" konterte Viktoria.

"Kommt ihr bitte? Der liebe Frederique ist gerade gekommen!"

Es war Senta von Soltenau, welcher der Disput von Sohn und Schwiegertochter nicht entgangen war.

Waldemar hatte Frederique eingeladen, nach dem Abendessen auf ein Glas Wein vorbei zu kommen. Er hatte ihm schon für das Abendessen eine Einladung ausgesprochen; aber Frederique lehnte dankend ab. Er meinte, der erste Abend gehöre ausschließlich der Familie; ließ sich dann aber doch auf ein Glas Wein für später überreden.

Frederique übergab Senta von Soltenau ein kleines Blumengebinde und begrüßte sie mit einem vollendeten Handkuss.

Senta wollte sich ursprünglich für den Abend entschuldigen, weil sie eine Einladung zum Bridge angenommen hatte. Als sie jedoch hörte, dass Frederique auch anwesend sein würde, gab sie sich einem plötzlichen Sinneswandel hin und sagte die Bridgeeinladung kurzerhand ab.

"Auf mich müsst ihr leider verzichten!" sagte Viktoria in galliger Manier, "ich spüre eine beginnende Migräne und muss mich schnellstens niederlegen. Gute Nacht!"

"Dann tu das, meine Liebe und gute Besserung!"

Den liebevollen Wunsch der Schwiegermutter ignorierend, rauschte Viktoria davon.

"Du hättest dieses Weibsstück niemals heiraten dürfen!"

Dieser Satz stand in Sentas Gesicht geschrieben, als sie Waldemar ansah. Und in Waldemars Gesicht konnte man lesen: "Da hast du ausnahmsweise einmal recht!"

"Ich möchte dir noch herzlich dafür danken, dass du am Nachmittag so wunderbar reagiert hast!" sagte Waldemar wenig später zu Frederique.

"Das war doch selbstverständlich", antwortete Frederique, "ich bin dir ebenfalls dankbar, dass du mich davor bewahrt hast, einen Fehler zu begehen!"

"Wo ist Viktoria; ich würde sie gerne begrüßen und meinen zweiten Blumenstrauß loswerden."

Frederique, welcher für beide Damen Blumen mitgebracht hatte, hielt den zweiten Strauß noch immer in seiner Hand und sah aus wie ein verschüchterter, junger Mann bei seinem ersten Rendezvous.

"Darf ich sie dir abnehmen, lieber Freund?" sagte Waldemar, der Frederique aus seiner misslichen Lage befreien wollte und fügte hinzu:

"Viktoria lässt sich entschuldigen, sie ist leider unpässlich!"

Frederique sah Waldemar bedeutungsvoll an.

"Du hast recht, mein Lieber; bitte entschuldige!" sagte Waldemar, dem Frederique inzwischen ein wahrer Freund geworden war, "ich erzähle dir jetzt die ganze Geschichte!"

Und dann schilderte Waldemar, was sich noch vor wenigen Minuten ereignet hatte. Er schüttete dem Freund sein ganzes Herz aus, und er empfand eine ungeheure Erleichterung dabei. Es hatte sich so viel Frust in seiner Seele angesammelt, den er jetzt in einem Zug entleerte.

Frederique hatte aufmerksam zugehört und es erstaunte ihn nicht im Geringsten, was er da zu hören bekam. Es ergänzte nur seine eigene Meinung über Viktoria und es machte ihn beinahe ein wenig wütend.

Waldemar war ihm ebenso sehr Freund geworden wie er ihm. Und wie sich Viktoria auf ihrem Egotrip verhielt war unverständlich und völlig daneben.

"Das tut mir so sehr leid", sagte er zu Waldemar, "und wenn du möchtest, dann höre ich sofort damit auf Viktoria zu trainieren. Oder ich kann auch Soltenau ganz verlassen, wenn du das möchtest!"

"Um Gottes willen, nein!" sagte Waldemar voller Entsetzen, "keines von beiden!" Und nach kurzer Pause:

"Das würde alles nur noch schlimmer machen; glaube mir!"

Es folgte ein langes Schweigen. Es war, als wartete jeder der beiden Freunde darauf, dass der andere etwas sagte. Aber die Mauer des Schweigens schien unüberwindbar.

"Bitte, entschuldigt, dass wir euch stören!"

Armin und Bodo waren heran getreten und hatten die Mauer des Schweigens zum Einsturz gebracht.

"Wir wollten nur "gute Nacht" sagen!"

Waldemar stand auf und umarmte seine beiden Söhne.

"Ihr seid das Beste, was mir passiert ist; ich bin sehr stolz auf euch!"

"Das kann ich nur bestätigen!" sagte Frederique. "Ihr seid etwas ganz Besonderes; jeder auf seine eigene Art! Und ihr habt einen tollen Vater!"

Ein fröhliches Lachen umschlang in diesem Moment die vier Anwesenden wie ein unsichtbares Band und erfüllte ihre Herzen.

Als Armin und Bodo gegangen waren, bat Waldemar seinen Gast, er möge ihn für wenige Minuten entschuldigen. Dann stand er auf und verließ den Raum.

Waldemar kam kurz darauf wieder und trug in der einen Hand eine Baccarat-Karaffe mit einem "Thomas Hine Cognac" und in der anderen einen Humidor, bestückt mit feinsten "Davidoff-Zigarren".

"Ich hoffe, du magst beides!" sagte Waldemar und platzierte seine Kostbarkeiten auf dem kleinen Tisch, nahe dem Kamin.

"Das Flüssige sehr gern und das andere ist mir fremd!" antwortete Frederique mit einem Lachen.

"Dann wird es Zeit, dass du auch das kennen lernst!" entgegnete Waldemar und ließ den kostbaren Cognac in die Baccarat-Schwenker hinein fließen.

Danach saßen die beiden Freunde vor dem lodernden Kaminfeuer, tranken Cognac und rauchten genüsslich eine Davidoff-Zigarre.

Und das wehe Gemüht streifte all seine Sorgen und Nöte ab, die Zeit entledigte sich ihrer Hektik und gesellte sich zu den beiden Seelenverwandten.

****

Patrick Walsh, der neue Verwalter, hatte schon nach kurzer Zeit unter Beweis gestellt, dass seine Anstellung eine gute Wahl war.

Er hatte den Reiterhof und das Personal fest im Griff und Viktoria kümmerte sich kaum noch um die Belange des Unternehmens. Sie widmete fast ihre gesamte Zeit dem Training.

In ein paar Wochen würden die Deutschen Meisterschaften im Springreiten stattfinden, und Viktoria war fest entschlossen diese Meisterschaft für sich zu entscheiden.

Sie war sehr froh darüber, dass Patty - so nannte sie inzwischen den Verwalter - den Laden schmiss.

Die amikale Namensgebung für den Verwalter und die Formulierung über die Art der Führung des Reiterhofes missfielen Waldemar über die Maßen. Er ließ beides jedoch unkommentiert. Was immer er auch dazu gesagt hätte, Viktoria wäre es egal gewesen.

Egal war ihm hingegen nicht die Art, wie sich Patrick Walsh den weiblichen Angestellten gegenüber verhielt. Es waren die anzüglichen Bemerkungen, immer humorig verpackt, und die körperliche Nähe, welche der Verwalter an den Tag legte.

Schlimm empfand Waldemar, wie das weibliche Geschlecht größtenteils darauf reagierte. Die Damen im Gebäude und auch in den Stallungen mochten das offenbar, was Waldemar überhaupt nicht verstehen konnte.

Als er seinen Vater auf die schmierige Art des Verwalters hinwies, tat dieser die Angelegenheit damit ab, dass für ihn nur die Leistung des Mannes zähle. Und die Damen seien schließlich alt genug, um zu wissen, was sie tun.

Viktoria brauchte er erst gar nicht darauf ansprechen. Sie reihte sich nahtlos in die Schar der willigen, dummen Gänse ein, welche den Herrn Verwalter anhimmelten.

Waldemar hatte sie einmal dabei beobachtet, wie sie sich - hinter dem Verwalter stehend - über seine Schulter beugte, um scheinbar ein auf dem Schreibtisch liegendes Schriftstück einzusehen.

Dabei streifte sie versehentlich mit ihrem Busen seine Schulter, was dem sommersprossigen, rotschädeligen irischen Bastard ein süffisantes Lächeln auf sein Gesicht zauberte.

Waldemars Ablehnung für diesen Herrn ging sogar so weit, dass er den Versuch des Verwalters auf ein kameradschaftliches DU brüsk ablehnte.

Er konnte auch überhaupt nicht verstehen, wie ein solcher Weiberheld und Trunkenbold zu so einer netten und liebenswerten Frau kam, als die Waldemar sie empfand.

Jedes Mal, wenn er Marianne auf dem Hof begegnete, lächelten sie einander zu, und Waldemar ertappte sich dabei, wie sein Herz eine Spur schneller schlug als normal.

Und so wehrte er sich auch nicht wirklich, als ihm Viktoria den Vorschlag unterbreitete, man könne Patty und Marianne in den kommenden Tagen zum Essen einladen. Sie könnte nach dem Essen ein paar wichtige Dinge mit dem Verwalter besprechen und Waldemar könnte Marianne im Haus herum führen.

"Guten Abend, meine Lieben! Schön, dass ihr gekommen seid!"

Mit diesen Worten hieß Viktoria die Gäste auf eine sehr persönliche Art willkommen. Und Waldemar lächelte. Was anderes hätte er auch tun sollen.

Der Herr Major a.D. Walsh küsste Viktoria in Offiziersmanier galant die Hand und als Waldemar Marianne auf dieselbe Art begrüßen wollte, sah ihn diese mit großen Augen an, so als wolle sie ihm bedeuten es nicht zu tun.

Waldemar unterließ es und erntete dafür einen dankbaren Blick aus den dunklen Augen von Marianne. Er freute sich in diesem Moment mit ihr; denn damit unterschied er sich deutlich von dem affigen Gehabe des Mannes, den er nur schwer zu ertragen vermochte.

Als das Essen vorüber war, zogen sich Viktoria und Patrick ins Büro zurück, um Geschäftliches zu besprechen.

Waldemar, der allen Grund der Welt gehabt hätte, unruhig bei dem Gedanken zu sein, was da im Büro wirklich geschehen könnte und wahrscheinlich auch geschehen würde, empfand nichts dergleichen.

Stattdessen fragte er Marianne, ob er ihr das Haus zeigen solle. Ihre Antwort überraschte ihn, denn sie schlug vor in den Garten zu gehen.

"Aber nur, wenn Sie es möchten!" sagte sie. "Der Abend ist viel zu schön, um im Haus zu bleiben."

"Sehr gern!" antwortete Waldemar und dann gingen sie hinaus in den Garten hinter dem Haus und setzten sich auf eine Bank, auf der Waldemar schon ewig nicht mehr gesessen war.

Noch bevor sie verheiratet waren, saßen er und Viktoria nächtelang auf dieser Bank und schworen sich ewige Liebe und Treue. Wahrscheinlich war es von Viktoria damals schon ein Meineid.

Waldemar schämte sich, dass er gerade im Begriff war mit diesen Gedanken den Zauber des Augenblicks zu beschmutzen.

"An was denken Sie gerade, lieber Baron?" fragte Marianne, als könnte sie seine Gedanken lesen.

"Daran, dass ich es wunderschön finde mit Ihnen hier zu sitzen und dass ich Sie bitten möchte mich nicht Baron zu nennen!"

"Aber wie sonst soll ich Sie nennen, lieber Waldemar?"

"War das gerade ein Flirtversuch?" dachte Waldemar bei sich, und mit großer Freude antwortete er:

"Von Herzen gern Waldemar; aber bitte niemals Waldi!"

War es der Zauber dieser lauen Nacht, war es der Duft der Blumen oder waren es einfach nur zwei Herzen, welche im Gleichklang schlugen; es geschah etwas, was völlig unvorhersehbar war.

Waldemar nahm das Gesicht von Marianne in seine Hände und küsste sie. Marianne erwiderte seine Küsse mit größter Leidenschaft und im selben Moment versteckte der Mond diskret sein Gesicht hinter einer Wolke.

Marianne riss sich los. Sie starrte Waldemar entsetzt an und stammelte:

"Was haben wir getan? Das dürfen wir nicht! Wir sind doch beide verheiratet!"

"Das stimmt!" sagte Waldemar; "aber sind wir auch glücklich?"

"Was spielt das für eine Rolle?" fragte Marianne erstaunt.

"Eine wesentliche!" antwortete Waldemar. "Jeder Mensch hat ein Recht auf Glück; so auch du und ich!"

"Aber nicht auf dem Rücken der anderen!" wendete Marianne ein.

"Das tut es nicht!" versuchte Waldemar Marianne zu beruhigen. "Dein Mann hat sich von dir ebenso abgewendet wie Viktoria von mir. Und das schon vor sehr langer Zeit."

Marianne hatte zu weinen begonnen. Waldemar zog sie sanft an sich, um sie zu beruhigen und Marianne ließ es geschehen.

"Waldemar! Marianne! Wo seid ihr?"

Es waren Viktoria und Patrick, die nach ihnen riefen.

"Wir sind hier!" antwortete Waldemar, "wir kommen gleich!"

Marianne wischte ihre Tränen fort und dann sah sie Waldemar mit großen Augen an.

"Wie soll das weiter gehen?" fragte sie ganz leise.

"Noch weiß ich es nicht!" antwortete Waldemar flüsternd. "Aber es wird weitergehen; habe nur ein wenig Vertrauen!"

Dann gingen sie hinein ins Haus. Viktoria hatte Champagner und Gläser hergerichtet und das Licht herunter gedreht. Kerzenlicht ergänzte die skurrile Szenerie. Marianne war erleichtert, konnte man doch bei der spärlichen Beleuchtung ihre verweinten Augen nicht sehen.

"Wir haben einen Grund zu feiern!" rief Viktoria freudig erregt. "Heute ist vom Verband meine Nennung zu den Deutschen Meisterschaften bestätigt worden."

"Gratuliere, verehrte Baronin!" sagte mit einer leichten Verbeugung der Herr Major a.D. und die anderen schlossen sich dem an.

"Ach was, Baronin!" sagte Viktoria, "ich möchte, dass wir uns alle duzen!"

Sie hob ihr Glas in die Höhe, ging auf Marianne zu, stieß mit dem Champagner an und gab ihr einen Kuss auf die Wange. Dann machte sie das gleiche mit Patrick, nur mit dem Unterschied, dass sie ihn auf den Mund küsste.

Der Major tat völlig überrascht, nur dass es nicht glaubwürdig schien. Viktorias Lippen ruhten nicht zum ersten Mal auf seinem Mund oder auf sonstigen Partien seines Körpers.

"Jetzt ihr!" sagte Viktoria und hielt ihr Glas in Richtung Marianne und Waldemar.

Waldemar ging zu Marianne und stieß mit ihr an.

"Wo bleibt der Kuss?" rief Viktoria und Patrick rief: "Küssen, küssen. küssen!"

Die Widerwärtigkeit, welche Marianne und Waldemar bei diesem Possenspiel empfanden, konnten sie nur sehr schwer verbergen. Sie gaben sich einen flüchtigen Kuss auf die Wange und bemühten sich um ein Lächeln. Sie mussten wohl oder übel mitspielen.

"Jetzt sind wir aber dran, alter Freund!"

Mit dieser Drohung ging Patrick auf Waldemar zu, das Champagnerglas vor sich her streckend wie einen Kavalleriesäbel. Und genau so empfand es auch Waldemar. Welchen Triumph musste Patrick wohl in diesem Augenblick empfinden, da sich Waldemar geschlagen geben musste.

"Auf dein Wohl, mein Bester!" sagte Waldemar und schaute dabei in das erstaunte Gesicht seines Gegners. Damit hatte der irre Ire ganz sicher nicht gerechnet.

"Mehr Champagner!" rief Viktoria und dann nahm der Abend seinen Verlauf, der in einer Unmenge von Alkohol zu einer erträglichen Angelegenheit wurde.

****

Viktoria war sehr nervös, als sie in den Sattel stieg. Ihre Stute Arabella spürte das und tänzelte unruhig hin und her.

"Du musst Ruhe in dich und das Pferd bringen," sagte Frederique, "sonst werdet ihr beide Probleme bekommen!"

Dann stellte er sich neben den Kopf des Pferdes, und mit seiner Hand strich er ihm sanft und beruhigend über die Nase und die Kinngrube. Und ebenso sanft war auch der Klang seiner Stimme, mit der er auf Arabella einwirkte.

Viktoria schaute zu und sie spürte, wie schon nach kurzer Zeit Ruhe in Arabella einkehrte. Und seltsamer Weise schien sich die Ruhe auch auf sie zu übertragen.

Sie schaute Frederique lange an und dann sagte sie:

"Jetzt weiß ich, warum sie dich den Pferdeflüsterer nennen! Ich danke dir so sehr!"

"Dann mach etwas daraus!" sagte Frederique. "Hole dir den Titel!"

Als Viktoria in den Parcours aufgerufen wurde, beugte sie sich kurz nieder und klopfte auf den Hals ihres Pferdes.

"Wir können das, mein Mädchen! Holen wir uns die Meisterschaft!"

Und dann ritten Ross und Reiterin den Ritt ihres Lebens. Arabella flog über die Hindernisse, als wäre sie Pegasus persönlich. Und als sie auch die Doppelkombination am Ende des Parcours fehlerfrei bewältigt hatten, hob Viktoria ihren gestreckten Arm mit geballter Faust in die Höhe.

Sie hatte ihren Namen wahr gemacht, sie war Viktoria, die Siegerin. Dann umschlang sie den Hals von Arabella und sagte:

"Ich danke dir, mein Mädchen; das werde ich dir nie vergessen!"

Als sie vom Pferd gestiegen war, rannte sie zu Frederique und fiel ihm um den Hals. Dann küsste sie ihn lange auf den Mund, und Frederique erwiderte ihren Kuss.

Er spürte ein solches Verlangen nach dem Körper der vor ihm stehenden Amazone, dass es schon beinahe schmerzte. Doch dann riss er sich los und mit einem breiten Lächeln sagte er:

"Gratuliere! Du bist Viktoria, die Siegerin, du bist die Deutsche Meisterin im Springreiten und ich bin stolz auf dich!"

Frederique hätte schreien mögen, so sehr musste er sich gegen sein aufkommendes Verlangen stemmen; aber er stellte seine Freundschaft zu Waldemar über das Verlangen nach Viktoria.

"Das müssen wir aber feiern!" sagte er, als er in das enttäuschte Gesicht von Viktoria schaute, welche den intimen Kuss wohl richtig gedeutet hatte; die Reaktion von Frederique jetzt aber nicht verstehen konnte.

"Ja!" antwortete sie lapidar. "Das machen wir bei einem großen Fest auf Soltenau!"

Der Gewinn der Deutschen Meisterschaft wurde in Verbindung mit dem alljährlichen Herbstfest gefeiert. Wie in jedem Jahr, kamen die Besitzer der Pferde, welche auf Soltenau eingestellt waren, sowie Freunde und Verwandte zusammen, um das Jahr ausklingen zu lassen.

Der Innenhof war wieder festlich geschmückt, eine Bühne wurde aufgebaut und das Wetter sagte seine Unterstützung zu.

Zu Beginn hielt der alte Baron eine kurze Ansprache, in deren Verlauf er den Gewinn der Deutschen Meisterschaft im Springreiten durch seine Schwiegertochter Viktoria würdigte.

Er tat das unter großem Applaus der Festgäste und Viktoria genoss ihren Auftritt in vollen Zügen. Sie umarmte ihren Schwiegervater und küsste ihn auf beide Wangen. Dann rief sie Frederique auf die Bühne.

"Mein Erfolg wäre niemals möglich gewesen ohne diesen wunderbaren Mann!"

So begann Viktoria ihre Rede und sie endete mit dem Satz:

"Frederique Hörmann ist nicht nur ein toller Trainer, sondern auch ein toller Mann und ein wunderbarer Freund!"

Dann wandte sie sich Frederique zu und ihr Mund näherte sich bedrohlich dem seinen. Frederique drehte jedoch seinen Kopf demonstrativ zur Seite, sodass Viktoria nichts anderes übrig blieb, als sich mit Frederiques Wangen zu begnügen.

Es kochte in Viktoria. Sie wurde noch nie so brüskiert. Und das in aller Öffentlichkeit. Dass dieser Vorfall lediglich von Waldemar wahrgenommen wurde und von sonst niemand, lag außerhalb ihrer Vorstellungskraft.

Danach nahm das Fest seinen Lauf. Speis und Trank wurde in großen Mengen aufgetragen und konsumiert. Viktoria indes bevorzugte die flüssige Form der Aufnahme. Und mit einem immer wieder aufgefüllten Glas Champagner ging sie von Tisch zu Tisch, um anzustoßen und sich feiern zu lassen.

Waldemar nahm Viktoria irgendwann beim Arm, um sie darauf aufmerksam zu machen, sie möge sich beim Trinken etwas zurückhalten.

"Lass mich los! Du tust mir weh! Und gratuliert hast du mir auch noch nicht!"

"Das ist blanker Unsinn und das weißt du auch!" antwortete Waldemar.

"Ich werde mich heute betrinken, damit du es nur weißt. Und du wirst mich nicht daran hindern!"

"Lass sie!"

Es war Frederique, der hinzu gekommen war. Viktoria drehte sich zu ihm und sagte:

"Du liebst mich auch nicht! Niemand liebt mich!"

Dann wankte sie davon und mischte sich wieder unter die Menge.

Es war schon recht spät, als Waldemar ein kleines Video auf seinem Smartphone empfing. Der Absender war anonym und der Text lautete nur: "Ein guter Freund".

Als Waldemar das Video abspielte, erstarrte er. Es zeigte Viktoria und Patty in einer leeren Pferdebox in einer eindeutigen Situation. Das Ganze war mit Ton und die Geräusche stammten von einer rossigen Stute; einer zweibeinigen.

Nachdem Waldemar wieder einen klaren Gedanken fassen konnte, überlegt er, von wem das Video stammen könnte. Es war eindeutig aktuell. Das konnte Waldemar an dem abgelegten Kleid von Viktoria erkennen. Sie hatte es extra für das heutige Fest gekauft.

"Ich möchte die Scheidung, und zwar schnellstens!"

Mit diesem Satz überraschte Waldemar Viktoria, als sie beim Frühstück beisammen saßen.

"Hast du den Verstand verloren?" sagte Viktoria. "Ich glaube, du spinnst wohl! Warum sollte ich dem zustimmen?"

"Weil ich dir jetzt ein Video auf dein Smartphone schicke, das dir die Antwort auf deine Frage geben wird!" antwortete Waldemar und drückte auf "senden".

Wenige Augenblicke später erstarrte Viktoria. Sie hatte das Video geöffnet und angesehen.

"Wo hast du das her?" schrie sie hysterisch. "Hast du mir nach spioniert?"

"Das wäre unter meinem Niveau!" sagte Waldemar. "Ein Freund hat es mir geschickt."

"Wer ist dieses Schwein?"

"Ich weiß es nicht; es kam anonym!" antwortete Waldemar. "Und ein Schwein ist er sicher nicht. Da kenne ich andere!"

"Na gut; dann lassen wir uns scheiden! Unsere Ehe ist ja schon lange keine richtige Ehe mehr!"

"Da stimme ich dir ausnahmsweise einmal zu!" entgegnete Waldemar. "Ich werde unseren Anwalt aufsuchen und alles in die Wege leiten!"

"Dann tu doch, was du nicht lassen kannst!"

Mit diesen Worten verließ Viktoria wütend den Raum und Waldemar fühlte eine ungeheure Erleichterung. Er musste jetzt dringend mit Marianne sprechen. Schließlich war sie eine Mitbetroffene bei dieser schmutzigen Angelegenheit.

"Warum sollte ich eigentlich der Scheidung zustimmen? Ich habe überhaupt keine Lust dazu!"

Viktoria war wieder zurück gekommen und schleuderte diese Worte hasserfüllt in den Raum.

"Das will ich dir gerne sagen, liebste Viktoria", antwortete Waldemar süffisant, "weil ich mich sonst an die Presse wende!"

"Das tust du nie!" schrie Viktoria, "dazu bist du zu wenig Mann! Und außerdem macht das ein von und zu Soltenau nicht. Das wäre doch unter seinem Niveau; nicht wahr?"

"Da irrst du, meine Teure, die Presse hat sich schon an mich gewandt und gefragt, ob ich - natürlich zusammen mit dir - bereit wäre eine Homestory zu machen."

"Das ist nicht wahr!"

Viktorias Stimme überschlug sich.

"Doch mein Liebling! Ich gebe dir gern die Telefonnummer der Redakteurin. Ich sehe die Schlagzeile schon vor mir:

"Viktoria von Soltenau, Deutsche Meisterin im Springreiten, beim Liebes-Tête-à-tête mit dem Stallmeister."

"Pardon, ich meine natürlich Verwalter!"

Viktoria war auf Waldemar zugegangen, um ihn zu ohrfeigen; hielt sich aber im letzen Augenblick zurück. Sie blieb dicht vor Waldemar stehen und giftete.

"Ich habe sie alle gehabt: Patty, den Stallmeister, alle Reitknechte und sogar Frederique. Und alle waren besser als du!"

"Das freut mich für dich!" sagte Waldemar und beim Hinausgehen sagte er noch:

"Wir werden diese Unterhaltung gerne beim Anwalt fortsetzen. Ich freue mich schon sehr darauf!"

****

"Küss die Hand, verehrte Viktoria, meine Verehrung, lieber Waldemar!"

Dr. Frank, der Familienanwalt der von Soltenaus, kannte Waldemar schon von Kindheit an und das DU war selbstverständlich.

"Bitte setzt euch, ich habe schon alles vorbereitet!"

Dr. Frank nahm ein Blatt Papier in die Hand und sagte zu Viktoria:

"Das ist eine Vereinbarung, die ich auf die Bitte von Waldemar hin aufgesetzt habe, und die ich Ihnen jetzt vorlesen werde. Wenn Sie damit einverstanden sind, dann bitte ich Sie das Dokument zu unterzeichnen!"

Dann begann Dr. Frank zu lesen:

Vereinbarung zwischen Baron Waldemar von Soltenau und seiner Gattin Viktoria, geborene Faller

1. Viktoria von Soltenau darf diesen Namen fortan nicht mehr tragen und auch nicht mehr benützen

2. Viktoria von Soltenau überträgt ihre Geschäftsanteile zu gleichen Teilen an die gemeinsamen Söhne Armin und Bodo von Soltenau

3. Die Anteile werden, bis zur Erlangung der Volljährigkeit der Begünstigten, vom Vater treuhänderisch verwaltet

4. Frau Viktoria von Soltenau ist für alle Zeiten der Zutritt auf Gut Soltenau untersagt

5. Im Gegenzug verpflichtet sich Waldemar von Soltenau ein kompromittierendes Video, welches Viktoria von Soltenau in einem unbekleideten Zustand zeigt, zu vernichten

6. Viktoria von Soltenau bekommt nach vollzogener und rechtskräftiger Scheidung eine einmalige Abfindung in Höhe von Euro 120.000,00 (i.W. Einhundertzwanzigtausend)

7. Über diese Vereinbarung ist strengste Geheimhaltung zu bewahren. Im Falle einer Zuwiderhandlung zieht dies eine Strafe in Höhe von Euro 100.000,00 (i.W. Einhunderttausend) nach sich, welche einem karitativen Zweck zugeführt werden

Gelesen und unterzeichnet

....
(Gloria von Soltenau)   (Waldemar von Soltenau)

Mit jedem Punkt der Vereinbarung, welche Dr. Frank vorlas, sank Viktoria immer tiefer in sich zusammen. Jeder Punkt war wie ein Peitschenhieb, der sich tief in ihre Seele einbrannte.

In diesem Augenblick erkannte sie, dass sie einmal alles besaß, und es wurde ihr schmerzhaft bewusst, dass sie alles verspielt hatte.

Als sie das Dokument unterzeichnete, zitterte ihre Hand und ihre Augen füllten sich mit Tränen. Sie vermochte sich nicht zu erinnern, wann sie zum letzten Mal geweint hatte.

Vor ihren Augen liefen die letzten Jahre wie ein Film vorüber. Sie sah sich und Waldemar, zwei Verliebte, welche die Welt einreißen wollten.

Und sie sah die Geburt der Zwillinge, und wie sie ihr eigen Fleisch und Blut in ein Internat abgeschoben hatte, nur um sich selbst zu verwirklichen.

Und sie sah zum ersten Mal einen Mann, der sie auf Händen getragen hätte, hätte sie es nur zugelassen.

Als sie unterzeichnet hatte, schob sie das Dokument wortlos zu Waldemar hinüber. Sie sah ihm in die Augen, die frei von jedem Triumph waren, und sie sagte mit blutleeren Lippen:

"Es tut mir so leid; es tut mir unendlich leid..."

Viktoria stand auf, gab Dr. Frank die Hand und bedankte sich.

Zurück blieben ein Anwalt, der überrascht war ob des Verhaltens von Viktoria und ein desillusionierter Ehemann, der glaubte diese Frau zu kennen und gerade bemerkte, dass das nicht wirklich der Fall war.

"Ich hoffe, mein Lieber, dass die Angelegenheit nach deinen Vorstellungen vonstattengegangen ist!" sagte Dr. Frank.

Es war dies eine recht ungeschickte Bemerkung seitens des Juristen, geboren aus einer Hilflosigkeit heraus. Und Waldemar, der dies wohl bemerkt hatte, nickte nur, stand auf und verabschiedete sich. Zurück blieb ein schaler Geschmack, den beide Herren verspürten.

****

"Ich muss dich unbedingt sehen und sprechen!"

Die SMS war an Marianne gerichtet und von Waldemar wenige Tage später an sie geschickt.

"Wann und wo?" kam die knappe Antwort von Marianne.

"Morgen Nachmittag, um 15:00 Uhr bei der kleinen Kapelle."

Waldemar hatte diesen Zeitpunkt gewählt, weil er wusste, dass sowohl Viktoria als auch Patrick auf Promotiontour waren, um die Deutsche Meisterschaft zu vermarkten.

Waldemar und Marianne trafen sich auf dem kleinen Hügel, auf welchem eine Kapelle stand. Sie wurde nur noch zu speziellen Anlässen, wie Trauungen oder Taufen benützt.

Umso erstaunter war Waldemar. als er schon von weitem Orgelspiel hörte. Als er näher kam und einen knallroten Roller vor der Kapella stehen sah, da wusste er, dass es ein junger Lehrer aus dem Dorf war, der ab und zu die Orgel spielte, damit sie nicht "einrostete".

Marianne war schon da. Er begrüßte sie freundschaftlich mit einem Kuss auf die Wange.

"Gehen wir ein Stück?" fragte er Marianne und sie stimmte zu.

"Was gibt es denn so Wichtiges, dass du mich unbedingt sehen wolltest?" fragte Marianne.

Waldemar blieb stehen und bat Marianne sich mit ihm ins Gras zu setzen. Dann begann er:

"Bitte, höre mir jetzt ganz genau zu!" sagte er.

"Das mache ich doch immer!" gab Marianne mit einem Lachen zurück.

"Und bitte, bleibe ernsthaft!"

Der Blick von Waldemar war unmissverständlich und erschreckte Marianne ein wenig. Sie nickte zustimmend.

"Viktoria und ich werden in wenigen Tagen geschieden!"

"Was?"

Marianne war zutiefst erschrocken.

"Wieso das denn?" fragte sie erstaunt.

Waldemar sah Marianne lange an, bevor er fortfuhr.

"Ich sage dir jetzt etwas, was dich vielleicht verletzen oder auch nur sehr erstaunen wird!"

"Ist etwas passiert?"

"Ja!" antworte Waldemar, "und es betrifft Viktoria und Patrick. Und damit im weitesten Sinn auch uns beide!"

"Und was ist das?" fragte Marianne mit sorgenvoller Mine.

"Die beiden haben ein Verhältnis!"

Waldemar ließ diese Worte einen Augenblick lang stehen, bevor er hinzu fügte:

"Und das schon über einen langen Zeitraum."

"Bist du sicher? Oder vermutest du das nur?"

"Ich bin mir absolut sicher!" antwortet Waldemar, der überrascht war, wie relativ gefasst Marianne die Nachricht aufnahm.

Wie hätte er auch wissen können, dass der gute Patty schon ungezählte außerehelichen Beziehungen geknüpft hatte, die ihm Marianne immer wieder verziehen hatte.

"Was machen wir jetzt?" fragte sie Waldemar und sah ihn mit ihren großen, schwarzen Augen erwartungsvoll an.

"Ganz einfach, mein Liebling", sagte Waldemar, "du lässt dich von Patrick scheiden und der Weg ist für uns beide frei!"

"Das geht nicht!" sagte Marianne.

"Aber wieso nicht?" fragte Waldemar erstaunt.

"Weil Patrick niemals einwilligen wird!"

"Dann frage ich dich jetzt", sagte Waldemar, "liebst du mich?"

"Ja! Das weißt du doch!" antwortet Marianne.

"Dann frage ich dich weiter: Kannst du dir vorstellen mit mir gemeinsam ein neues Leben zu beginnen?"

"Es gibt nichts, was ich mir mehr wünsche; aber es geht nicht!" sagte Marianne. "Patrick lässt mich niemals gehen!"

Ihre Augen füllten sich mit Tränen. Waldemar nahm sie in den Arm und sagte:

"Es wird gehen, meine Engel! Glaube mir, es wird gehen! Vertraue mir; ich weiß, wie wir den Knoten lösen können!"

"Ich möchte jetzt gern in die Kapelle gehen. Ist es dir recht?"

"Sehr gern!" antwortete Waldemar und auf dem Weg dorthin fragte er Marianne:

"Bist du religiös?"

"Ich bin schon lange aus der Kirche ausgetreten!" antwortete Marianne.

"Das meine ich nicht", sagte Waldemar, "glaubst du an Gott?"

Und nach einem kurzen Zögern sagte sie:

"Schon seit langer Zeit nicht mehr; aber ich glaube, dass ich gerade im Begriff bin mich ihm wieder anzunähern."

"Das ist schön", sagte Waldemar, "das freut mich sehr!"

Sie waren in der Kapelle angekommen und setzten sich in eine Bankreihe. Der junge Lehrer aus dem Dorf spielte noch immer auf der Orgel.

Als er den Baron erkannte, wollte er sein Spiel einstellen. Waldemar bedeutete ihm aber, er möge ruhig weiterspielen.

Die beiden Liebenden hielten sich still bei der Hand. Als Marianne ihren Kopf auf die Schulter legte, begann der Organist das alte Kirchenlied "Ich bete an die Macht der Liebe" zu intonieren.

Und während er mit großer Hingabe diesen Choral spielte, lächelte er und empfand eine tiefe Genugtuung darüber das Richtige getan zu haben.

****

2. Versuch

Auf Gut Soltenau war wieder Ruhe eingekehrt. Waldemar hatte dem Verwalter ein gutes Zeugnis ausgestellt, nachdem er von sich aus gekündigt hatte.

Genauer gesagt, hatte ihm Waldemar nahegelegt das zu tun. Die Alternative wäre die Bloßstellung eines Majors a.D. gewesen, was große Schande über ihn gebracht hätte. Und sein weiterer Berufsweg hätte sich dadurch äußerst schwierig gestaltet.

Patrick Walsh war zwar ein Mann mit einem fragwürdigen Charakter; aber die Ehre als Offizier ihrer königlichen Majestät war ihm ein zu hohes Gut, als dass er sie hätte beschmutzen lassen.

Und so ließ er Marianne ziehen, versehen mit einigen Unfreundlichkeiten, welche jedoch völlig wirkungslos verpufften.

Der alte Baron bedauerte, dass Viktoria gegangen war und auf die Frage, warum das so sein musste, erzählte ihm Waldemar eine Geschichte, welche mit der Wirklichkeit nur tendenziell zu tun hatte.
Den wahren Hintergrund verschwieg er; denn dieser hätte seinem Vater zu sehr zugesetzt.

Trotz alledem hieß der alte Herr Marianne herzlich in der Familie willkommen. Ihr einnehmendes Wesen und vielleicht auch die Tatsache, dass sich Marianne um ihn kümmerte, machte Marianne dem Baron gewogen.

Marianne hatte, bevor der schnittige Offizier in ihr Leben getreten war, Medizin studiert. Sie hatte schon den ersten Monat ihrer Famulatur hinter sich gebracht, als sie Patrick kennenlernte. Sie war ihm sofort verfallen.

Es folgte eine überstürzte Hochzeit, weil Marianne schwanger wurde. Patrick wollte zwar keine Kinder, aber nun, da es passiert war, bestand er darauf, dass Marianne ihr Studium abbrechen sollte, um sich voll dem Kind widmen zu können.

Marianne erlitt eine Fehlgeburt, von der sie sich sehr lange Zeit nicht erholte. Patrick verhielt sich in dieser Zeit nicht gerade wie ein Offizier und Gentleman; er wandte sich von Marianne ab und anderen Frauen zu.

Der Schicksalsschlag mit der Totgeburt ihres Kindes und das abweisende Verhalten ihres Ehemannes stürzten Marianne in eine tiefe Sinnkrise.

Sie hatte sich schon sehr darauf gefreut und sie empfand sich selbst als schuld daran, dass ihr Kind gestorben war. Die Behandlung durch einen Psychologen lehnte sie kategorisch ab. Das war auch die Zeit, in der sich Marianne von Gott und Kirche abwandte.

"Was hältst du davon dein Medizinstudium wieder aufzunehmen?"

Mit dieser Frage überraschte Waldemar Marianne, als sie bei einem Glas Wein den Tag ausklingen ließen.

"Meinst du das im Ernst?" fragte Marianne, die völlig perplex ob dieser Frage war.

"Ja!" antwortete Waldemar. "Ich sehe doch, wie du dich um Vater kümmerst und dass du Freude dabei hast!"

"Das stimmt schon!" antwortete Marianne. "Ich wäre sehr gern Ärztin geworden; aber es hat wohl nicht sein sollen!"

"Unsinn", warf Waldemar ein, "dein Ehemann hat es dir nur verwehrt; nicht das Schicksal!"

"Schon möglich", sagte Marianne, "aber selbst wenn ich es wollte, es würde gar nicht gehen."

"Wieso glaubst du das?" fragte Waldemar.

"Weil ich nicht zugelassen werden würde."

Waldemar schaute Marianne an und lächelte.

"Warum lächelst du?" fragte Marianne und Waldemar antwortete:

"Weil der Rektor der Universität, Herr Professor Dr. Anton Albrecht heißt, weil er ein Kommilitone meines alten Herrn war und weil sie bis heute eng befreundet sind!"

Marianne zeigt sich beeindruckt. Sie dachte einen Augenblick lang nach und sagte dann:

"Und was ist mit unserem Kinderwunsch?"

Waldemar und Marianne waren sich darin einig ein Kind gemeinsam haben zu wollen. Sie hatten nächtelang darüber gesprochen und sie freuten sich schon sehr darauf.

"Das eine schließt das andere ja nicht aus!" sagte Waldemar. "Kind und Studium, das geht beides! Du wirst die nötige Unterstützung bekommen, die du brauchst!"

"Ich muss mir das noch gut überlegen!" sagte Marianne. "Es ist sehr lieb von dir, dass du mir dieses Angebot machst; aber es ist eine wichtige Entscheidung, die ich nicht überstürzen möchte!"

"Nimm dir alle Zeit, die du brauchst! Und außerdem wird jetzt erst einmal geheiratet!"

Die Hochzeit auf Gut Soltenau verlief in einem kleinen Rahmen. Nur nahe Verwandte und enge Freunde. Es war sowohl der Wunsch von Marianne als auch von Waldemar.

Armin und Bodo fanden sehr schnell einen guten Draht zu Marianne, was für Waldemar das kostbarste Geschenk war. Sie war für die beiden jungen Männer so etwas wie eine ältere Schwester.

Ihre Mutter sahen sie nur noch selten. Viktoria hatte ihre Karriere als Turnierreiterin weiter betrieben und das mit recht viel Erfolg. Erste Plätze bei Europa- und Weltmeisterschaften und sogar eine Teilnahme bei Olympia. Von Patrick hatte sie sich schon bald getrennt.

Frederique Hörmann war zur großen Überraschung von Waldemar auf Soltenau geblieben. Er war sogar einer der beiden Trauzeugen. Der zweite war eine Freundin von Marianne. Sie hieß Erika und war eine äußerst liebenswerte Person, was auch dem guten Frederique nicht entgangen war.

"Es mag dir ungewöhnlich scheinen und das ist es auch wohl", sagte der alte Baron, als er Marianne gratulierte, "aber ich hätte einen Wunsch an dich!"

"Ganz egal, was es auch immer sein mag", antwortete Marianne glückstrahlend, "der Wunsch ist schon erfüllt!"

"Das freut mich sehr, mein liebes Kind", antwortete Wolfram von Soltenau, "aber höre dir doch erst einmal an, was ich mir wünsche!"

Marianne nickte und lauschte gespannt darauf, was da kommen würde.

"Ich wünsche mir heute, an diesem ganz besonderen Tag, dass meine wunderbare und geliebte Schwiegertochter Marianne ihr Medizinstudium wieder aufnimmt!"

Marianne schaute den Baron erstaunt an. Sie war auf alles gefasst; aber nicht auf das.

"Bevor du etwas dazu sagen möchtest, lass mich dir mitteilen, dass mein lieber Freund Toni Albrecht einer deiner Hochzeitsgäste ist und als Hochzeitsgeschenk dir die Erlaubnis zur Wiederaufnahme deines Medizinstudiums schenken möchte."

Marianne war sprachlos. Ihre Gedanken schossen im Kopf wie wild hin und her. Sie hatte dieses Thema weit von sich geschoben, und jetzt holte es sie wieder ein.

"Darf ich mir erlauben Ihnen zu Ihrer Hochzeit herzlichst zu gratulieren?"

Mit diesen Worten war ein älterer Herr auf Marianne zugetreten. Und er fuhr fort:

"Mein Name ist Anton Albrecht, und ich würde mich sehr freuen Sie demnächst in meiner Universität willkommen heißen zu dürfen!"

"Hallo, Onkel Toni!" sagte Waldemar und die beiden Männer umarmten sich in einer großen Herzlichkeit.

"Ich freue mich sehr für dich, mein Junge, meine herzlichsten Glückwünsche auch für dich und meine Gratulation zu deiner wunderschönen Braut!"

"Danke, Onkel Toni!"

Waldemar legte seinen Arm um Marianne, der schon leicht schwummrig im Kopf geworden war.

"Was sagst du, mein Liebling, ist das nicht toll?"

"Ja!" sagte Marianne nur; denn zu mehr war sie im Augenblick nicht fähig.

"Dann bist du einverstanden?" fragte der alte Baron und in seinen glänzenden Augen waren so viel Hoffnung und Freude zu erkennen, dass Marianne es nicht übers Herz gebracht hätte NEIN zu sagen.

Senta von Soltenau war bei der Hochzeit nicht zugegen, denn sie verweilte schon seit geraumer Zeit in einer geschlossenen Anstalt.

Sie hatte schon vor etlichen Jahren ihr Leben dem Alkohol geweiht und als die letzen Zellen des Gehirns darin ertrunken waren, blieb nur noch dieser Schritt.

Es mag herzlos scheinen; aber weder Ehegatte noch Sohn vermissten die gute Senta.

Die Eltern von Marianne waren zwei liebenswerte und bescheidene ältere Herrschaften, mit denen der alte Baron sofort Freundschaft schloss.

Die Hochzeitsfeier war ein wahres Fest der Freude. Wolfram tanzte sogar mit Marianne und selbst der alte Baron wagte ein kleines, ganz langsames Tänzchen mit seiner Schwiegertochter.

Onkel Max, vulgo Max Börner, der ehemalige Reitlehrer, war einer der Gäste, welche zu den absoluten Freunden derer von Soltenaus gehörte.

In einem stillen Augenblick nahm er Waldemar auf die Seite und sagte:

"Ich muss etwas mit dir besprechen!"

"Gern, Onkel Max; um was geht es denn?"

Was Max Börner dann erzählte, machte Waldemar erst einmal sprachlos:

"Du hast doch bei der Feier, anlässlich des Gewinns der Deutschen Meisterschaft, ein pikantes Video erhalten."

"Ja!" antwortete Waldemar. "Aber wieso weißt du davon?"

"Nun, ich weiß es, weil ich es dir damals geschickt habe!"

"Was? Du?" sagte Waldemar entsetzt. "Wie bist du denn daran gekommen?"

"Ich habe es selbst gemacht! Es war purer Zufall, dass ich die beiden erwischt habe. Ich wollte nur einen kleinen Besuch bei Arabella machen. Und als ich in den Stall kam, hörte ich schon von weitem, was da geschah. Die beiden waren so sehr mit sich beschäftigt, dass sie gar nicht bemerkt haben, dass ich sie gefilmt habe."

Waldemar wollte etwas entgegnen, aber Max fasste ihn beim Arm und sagte:

"Warte noch einen Moment, bevor du etwas sagst! Es ist mir sehr wichtig, dass du weißt, dass ich das nicht aus Rache getan habe. Ich konnte nur nicht tatenlos zusehen, wie dich diese Frau lächerlich macht und zugrunde richtet. Das war ich dir und dem Baron schuldig!"

Waldemar schaute in das Gesicht des Mannes, der ihm gerade ein Geheimnis eröffnete, hinter dessen Lösung er niemals von selbst gekommen wäre.

Er dachte einen Augenblick an die Zeit zurück, als er noch auf dem Schoß dieses Mannes saß, der ihm die ersten Reitstunden erteilt hatte. Er war für ihn wie ein zweiter Vater.

Waldemar bekam feuchte Augen. Er umschlang seinen Onkel Max und sagte:

"Ich weiß, dass du das niemals aus Rache getan hättest und ich bin dir ewig dankbar dafür, dass du dieses Video gemacht und mir geschickt hast. Du hast damit meine und die Ehre des Hauses von Soltenau wieder hergestellt!"

Jetzt zeigte sich auch der alte Reitlehrer gerührt und er erwiderte die Umarmung von Waldemar aus vollem Herzen.

Als es Zeit für die Brautleute wurde sich diskret zurück zu ziehen, stieg in Waldemar ein seltsames Gefühl auf. Eine schreckliche Erinnerung bemächtigte sich seiner und die bevorstehende Hochzeitsnacht baute sich vor ihm auf wie eine hohe, unüberwindbare Wand.

War es eine Ahnung oder purer Zufall; wer weiß das schon? Marianne flüsterte Waldemar, als sie die Treppe zu den oberen Räumlichkeiten hinauf stiegen, leise ins Ohr:

"Ich kann es kaum erwarten endlich in deinen Armen zu liegen, mein Geliebter!"

Und als Waldemar in die Augen seiner Liebsten sah, da wusste er, dass die Mauer einstürzen würde und dass ihm eine wunderbare Nacht mit seiner Marianne bevorstand.

"Guten Morgen, Erika!"

Als Marianne am nächsten Morgen ihre Trauzeugin begrüßte, traf sie auf eine völlig aufgekratzte Freundin.

"Was ist denn mit dir los?" fragte Marianne. "Wieso bist du so unverschämt gut gelaunt?"

"Komm bitte mit!" antwortete Erika. "Ich muss dich unbedingt etwas fragen!" Damit zog sie Marianne mit sich fort in ein leeres Zimmer.

Dort schaute sie sich um, so als ob sie verfolgt werden würde und dann sagte sie zu Marianne in einem leisen, verschwörerisch anmutenden Tonfall:

"Ist Frederique verheiratet?"

"Nein!" antwortete Marianne wahrheitsgemäß., "wieso fragst du?"

Erika drugste etwas herum und dann sagte sie:

"Ich glaube, ich habe mich verliebt!"

"In den alten Mann?" sagte Marianne spaßeshalber, was jedoch von ihrer Freundin nicht wahrgenommen wurde.

"Dein Waldemar ist ja auch kein Jüngling mehr!" sagte Erika in beinahe vorwurfsvoller Manier.

"Ich habe doch nur Spaß gemacht, du Dummchen!" sagte Marianne und wurde spontan an die gemeinsame Schulzeit zurück erinnert. Schon damals war Erika ein willfähriges Opfer für Späßchen aller Art.

"Ach so", sagte Erika, "dann ist es ja gut."

"Und hat er sich auch in dich verliebt?" fragte Marianne.

"Das weiß ich nicht!" antwortete Erika. "Ich hoffe es!"

"Dann frage ihn doch einfach!" empfahl Marianne mit einer Unschuldsmine. Diesmal fiel Erika jedoch nicht darauf herein.

"Haha! Aber worum ich dich und Waldemar bitten wollte; könnte ich noch ein paar Tage hier bleiben?"

"Dich hat es ja wirklich erwischt!" stellte Marianne fest. "Natürlich kannst du bleiben, solange du willst!"

"Das ist lieb von dir!" sagte Erika und umarmte ihre Freundin.

"Glaubst du, Frederique würde mir Reitunterricht erteilen?"

Jetzt war Marianne wirklich erstaunt. Pferde waren für Erika etwas Schönes zum Anschauen; aber darauf sitzen? Niemals!

"Ist das dein Ernst?" fragte sie Erika. "Du weißt, Pferde haben kein Lenkrad, keine Bremse und keinen Airbag!"

"Du kannst wieder nachlassen!" sagte Erika. "Du tust gerade so, als hätte ich Angst vor Pferden."

"Aber du hast Angst vor Pferden", sagte Marianne. "Du hast schon immer Angst davor gehabt, und sage mir jetzt bitte nicht, du hättest sie über Nacht verloren!"

"Natürlich nicht, du dumme Gans!"

Erika war in Verteidigungsposition gegangen und feuerte eine erste Breitseite auf den Gegner ab. Kaum hatten die Kugeln die Geschütze verlassen, bereute sie es auch schon wieder.

"Bitte, entschuldige, liebe Marianne; es tut mir leid!"

"Schon gut!" sagte Marianne. "Das weckt lediglich Erinnerungen an früher; nur dass es heute nicht mehr weh tut!"

"Danke! Du bist wirklich lieb!"

"Also zurück zu den Fakten!" sagte Marianne. "Das Glück der Erde liegt auf dem Rücken der Pferde. So sagt man zumindest. Und wenn es der Sache dient, so sollst du deinen Reitunterricht beim Besten seiner Zunft erhalten. Dafür werde ich schon sorgen!"

"Was habt ihr zwei denn zu tuscheln?"

Waldemar war hinzu gekommen.

"Nichts für Männerohren!" sagte Marianne und Erika war froh, dass ihr Geheimnis bei Marianne gut aufgehoben war.

Dass sie sich in diesem Augenblick gewaltig irrte, konnte Erika ja nicht ahnen. Wenig später erzählte Marianne ihrem Waldemar von dem vertraulichen Gespräch und bat ihn Frederique vorsichtig auf das bevorstehende Attentat der Freundin vorzubereiten.

"Wir sind dann mal weg!"

Mit diesen Worten verabschiedeten sich die Jungvermählten Stunden später von Familie und Freunden und ließen sich zum Flughafen führen, um ihre Hochzeitsreise anzutreten.

Eine kleine, vom Massentourismus noch wenig durchdrungene, griechische Insel war das Ziel. Am Tag viel Wasser, viel Sonne und in der Nacht all die Zärtlichkeiten, welche ihm in der ersten Ehe zwar versprochen waren; aber erst jetzt in der zweiten gehalten wurden.

Waldemar und Marianne wohnten ganz bescheiden in einem kleinen Strandhaus, in welchem sie jeden Morgen mit frischem Brot und Obst versorgt wurden. Am Abend fuhren sie ins Dorf, um in einer kleinen Taverne frischen Fisch zu essen und herrlichen Wein zu trinken. Sie wollten keinen Schicki-Micki-Urlaub in irgendeinem Wellness-Tempel machen, sondern einfach nur die Natur genießen, fernab von jeglichem Trubel. Und genau das hatten sie hier gefunden.

Braungebrannt, wohl erholt und unendlich glücklich kehrten sie auf Soltenau zurück.

Marianne war nicht wirklich überrascht, als sie bei ihrer Rückkehr die Reitelevin Erika vorfand. Und das Unglaubliche war passiert. Erika hat sich tatsächlich auf ein Pferd gesetzt.

"Sie hat Talent!" sagte Frederique, als Marianne ihn auf das Unbeschreibliche ansprach.

Inwieweit das eine barmherzige Lüge war oder der Blick durch die rosarote Brille, vermochte Marianne nicht abzuschätzen.

Aber als sie Erika beim Reiten zusah, wurden Marianne zwei Dinge bewusst. Zum einen, dass Erika tatsächlich Talent hatte und zum zweiten, dass ihre Liebe von Frederique erwidert wurde.

Am Abend saßen die vier Freunde bei einem gemeinsamen Abendessen zusammen. Frederique fragte im Verlaufe des Abends Waldemar, ob er eine Möglichkeit sähe, dass Erika einer Beschäftigung in der Verwaltung nachgehen könnte.

Waldemar lächelte, und er ließ sich mit der Beantwortung der Frage sehr viel Zeit, obwohl er sie im Innersten schon längst beantwortet hatte.

Er erkannte die Gelegenheit Frederique für seine Loyalität und seine unverbrüchliche Freundschaft danken zu können und das freute ihn ungemein.

"Aber natürlich, mein Freund! Gar keine Frage! Ich werde doch auf eine solche Fachkraft nicht verzichten. Und schön ist sie auch noch!"

"Hallo?" sagte Frederique schmunzelnd und Marianne winkte mit dem erhobenen Zeigefinger. Und Erika, welche die Spaßhaftigkeit dieser Gesten wieder einmal nicht zu durchschauen vermochte, zog sich ein zartes Rosa auf ihre Wangen.

"Das muss gefeiert werden!" sagte Marianne. "Das ist ja wunderbar!" Dann ging sie zu Waldemar, gab ihm einen Kuss und dankte ihm. Sie liebte diesen Mann sehr; er war das Beste, was ihr je widerfahren war.

****

Die Nachricht schlug ein wie eine Bombe:

"Viktoria Faller (ehemalige Gräfin von Soltenau), Olympiasiegerin, mehrfache Welt-, Europa- und Deutsche Meisterin im Springreiten tödlich verunglückt!"

Es war in allen Zeitungen zu lesen und von Funk und Fernsehen wurden "Specials" gesendet.

Die Medien gingen sogar so weit, dass sie bei Waldemar anfragten, ob er für ein Interview zur Verfügung stünde.

In den gängigen Tageszeitungen war eine Todesanzeige zu lesen, in welcher als "trauernde Hinterbliebene" außer den Eltern von Viktoria auch Armin und Bodo von Soltenau aufgeführt waren.

Waldemar bekam eine Traueranzeige zugesandt mit der Bemerkung, dass er der Beerdigung fern bleiben möge und auch keine Beileidsbekundung aussprechen möge.

"Sollen wir zur Beerdigung gehen?"

Mit dieser Frage brachten Waldemars Söhne ihn in arge Verlegenheit. Damit hatte er auf keinen Fall gerechnet.

"Wieso fragt ihr mich das?"

"Weil du ja dort nicht erwünscht bist!" antwortete Armin und Bodo fügte hinzu:

"Wir haben uns überlegt, dass wir gemeinsam mit dir zur Beerdigung gehen könnten. Also nicht direkt; sondern vielleicht eine Stunde nach der Trauerfeier."

Waldemar war gerührt. Auch wenn sich Viktoria nur sehr wenig um die beiden Söhne gekümmert hatte, so war sie doch ihre Mutter.

"Das ist sehr lieb von euch. Ich danke euch und ich bin mächtig stolz auf euch!" sagte Waldemar und nahm seine beiden Burschen in den Arm.

"Glaubst du, Großpapa möchte auch mitkommen?" fragte Bodo.

"Das glaube ich weniger; aber ich werde ihn fragen!" antwortet Waldemar.

Auf die Frage, ob Marianne ihn begleiten wolle, antwortet diese:

"Das ist eine Sache von Vater und Söhne. Macht ihr drei das allein!"

Als Waldemar mit seinen Söhnen vor der Grabstätte stand, fanden sie einen riesigen Berg von Kränzen und Blumengestecken vor. Und zu seiner und seiner Söhne Überraschung war ein Kranz dabei mit einer Schleife, auf welcher in goldenen Buchstaben zu lesen war:

"Der lieben Mutter von ihren Söhnen Armin und Bodo von Soltenau."

"Das war wohl die Idee von eurem Großvater Erwin", sagte Waldemar, "ich hoffe, es ist in Ordnung für euch!"

Die beiden Burschen nickten. Und obwohl die Bindung zu ihrer Mutter weder intensiv, geschweige denn herzlich war, wurde ihr Herz in diesem Augenblick von Traurigkeit erfasst.

Waldemar, der dies bemerkte, sagte:

"Ich gehe zurück zum Auto. Bleibt noch ein wenig und nehmt Abschied von eurer Mutter. Und weint nur, wenn euch danach ist!"

Nur wenige Monate später stand eine weitere Beerdigung ins Haus. Der alte Baron war sanft eingeschlafen und die Familie beerdigte ihn in aller Stille.

Wenige Tage danach machte Waldemar das Ableben seines Vaters in der Öffentlichkeit publik und umging somit die Problematik, wie sie bei der Beerdigung von Viktoria aufgetreten war.

Auf Soltenau war es still geworden. Waldemar kümmerte sich wieder mehr um den Reiterhof und Erika, die sich prächtig eingearbeitet hatte, war ihm eine große Hilfe dabei.

Sie und Frederique waren inzwischen ein richtiges Paar, wenn auch nicht verheiratet. Und Waldemar war recht froh, dass die beiden auf dem Hof waren.

Und Marianne hatte es geschafft. Sie war inzwischen Frau Dr. Marianne von Soltenau und verbrachte die meiste Zeit in der Klinik.

Einziger Wermutstropfen in dem scheinbar vollkommenen Glück war der bisher nicht in Erfüllung gegangene Kinderwunsch. Im Gegensatz zu Marianne litt Waldemar nicht wirklich darunter.

Er hatte zwei wunderbare Söhne, die ihren Weg gingen und Waldemar hätte das auch völlig genügt; aber Mariannes Kinderwunsch war nach wie vor sehr stark.

"Ich glaube, es hängt damit zusammen, dass ich damals eine Totgeburt hatte", sagte sie eines Abends zu Waldemar. "Ich müsste sonst doch schon längst schwanger sein!"

"Mach dich nicht verrückt, Liebes!" sagte Waldemar und nahm Marianne in den Arm. "Du wirst sehen, das wird schon! Hab noch ein wenig Geduld!"

"Glaubst du wirklich?" entgegnete Marianne.

"Da bin ich mir ganz sicher!" antwortete Waldemar.

"Habe ich dir schon gesagt, dass ich übernächstes Wochenende zu einem Kongress nach Paris fliege?" nahm Marianne das Gespräch wieder auf.

"Nein!" antwortete Waldemar, "um was für einen Kongress handelt es sich denn?"

"Es hat wenig Sinn, wenn ich dir das sage", antwortete Marianne lachend, "du würdest sowieso nur „Bahnhof" verstehen."

Jetzt musste auch Waldemar lachen. Dann sagte er:

"Was hältst du davon, wenn ich dich begleite?"

"Das wäre wunderbar und das ist auch sehr lieb von dir", antwortete Marianne, "aber ich hätte nur wenig Zeit, und außerhalb der Vorträge würde ich gern mit den Kollegen zusammen sitzen, um zu diskutieren!"

"Das versteh ich, mein Liebling!" gab sich Waldemar verständnisvoll, obwohl er das Argument nur bedingt nachvollziehen konnte.

"Fliegst du allein?" fragte er ganz beiläufig.

Und Marianne antwortete ebenso beiläufig:

"Nein! Mit noch zwei anderen: Frau Dr. Scholl und Kollege Helmer!"

"Dr. Helmer, der Anästhesist?"

"Ja, genau! Du kennst ihn vom Ärzteball!"

Waldemar wusste, wen Marianne meinte: Herr Dr. Gerhard Helmer, Arzt und Schönling; eine unschlagbare Mischung.

Marianne erkannte, dass Waldemar ins Grübeln gekommen war.

"Schatz! Du wirst doch nicht etwa eifersüchtig sein?" sagte sie auf flapsige Weise.

"Ganz sicher nicht!" schwindelte Waldemar, der sehr wohl einen leichten Anflug dieser schmerzlichen Charaktereigenschaft verspürte.

"Dann ist es ja gut! Und wenn es dich beruhigt, ich teile ein Zimmer mit Frau Dr. Scholl, und ich werde dich jede Nacht vor dem Schlafengehen anrufen!"

"Das beruhigt mich ungemein!" sagte Waldemar mit einem Lächeln, um dahinter den Ernst seiner Aussage zu verbergen.

Als Waldemar Marianne zum Flughafen gebracht hatte, fuhr er in die Privatklinik von Professor Lehmann, einem alten Freund aus seiner Studentenzeit, um sich untersuchen zu lassen.

Er wollte seine Zeugungsfähigkeit überprüfen lassen, um auszuschließen, dass der Grund, warum Marianne nicht schwanger wurde, nicht bei ihm lag.

"Ich finde es sehr traurig, dass es eines solchen Anlasses bedarf, dass wir uns einmal wieder sehen", sagte der Herr Professor.

"Du hast völlig recht, lieber Robert", antwortete Waldemar, "aber ich hoffe, dass du den Test trotzdem durchführst!"

"Das ist doch selbstverständlich! Aber sage mir bitte, lieber Freund, warum willst du diesen Test? Du hast doch schon zwei stramme Buben gezeugt!"

Und Waldemar erzählte dann dem Professor von Marianne, dass sie unbedingt schwanger werden wolle und auch, dass sie schon einmal eine Fehlgeburt hatte.

"Das wird dann wohl der Grund sein!" entgegnete Robert. "Und willst du dennoch den Test?" insistierte der Professor noch einmal.

"Ja, bitte!"

"Na gut, dann machen wir das!" sagte Robert und führte den Freund zur Untersuchung. Zu der Dame im Labor sagte er:

"Ich brauche das Ergebnis noch heute!"

"Jawohl!" sagte die Frau in Weiß, "wird erledigt!"

Als die beiden Freunde am Abend bei einem Glas Wein in Roberts Villa beisammen saßen, erfuhr Waldemar eine schreckliche Wahrheit.

"Ich weiß nicht, wie ich es dir sagen soll, mein lieber Freund", begann der Professor und nach einer kurzen Pause:

"Du bist leider zeugungsunfähig!"

Für Waldemar stürzte in diesem Augenblick die ganze Welt ein.

"Wie kann das sein?" stammelte er. "Kannst du mir das erklären?"

"Warst du in letzter Zeit krank?" fragte Robert.

"Nein!" antwortete Waldemar. "Und ich lasse mich auch regelmäßig durchchecken."
"Hattest du Mumps im Kindesalter?"

"Ja, Mumps hatte ich!" antworte Waldemar, "und ich kann mich noch gut daran erinnern. Es war kurz bevor ich in die Schule kam!"

Der Professor hatte das befürchtet. Wenn bei Kindern in diesem Alter Mumps auftritt, können sich die Hoden entzünden und dies kann zu Unfruchtbarkeit führen.

"Dann ist das aller Wahrscheinlichkeit nach die Ursache für deine Zeugungsunfähigkeit!" bemerkte Robert und in seiner Stimme schwang ein tiefes Bedauern mit.

Roberts Augen weiteten sich und er stieß hervor:

"Bedeutet das dann nicht, dass ich schon immer unfruchtbar war?"

Der Professor nickte nur stumm. Er wusste, auf was Waldemar hinaus wollte.

"Meine Söhne sind also gar nicht meine Söhne!"

Waldemar war in sich zusammen gesunken. In seinen Ohren rauschte es stark und er vernahm nur am Rande die Antwort seines Freundes:

"Du bist nicht der Erzeuger; aber du bist und bleibst ihr Vater!"

Robert bemerkte die Abwesenheit von Waldemar und daher wiederholte er noch einmal:

"Du bist ihr Vater und deine Kinder lieben dich!"

Waldemar sah seinen Freund hilflos an und sagte leise:

"Ich weiß nicht, wie ich das Marianne erklären soll."

Marianne war von Paris zurück gekehrt und völlig euphorisch.

"Wir müssen unbedingt auch einmal nach Paris fliegen!" begeisterte sie sich, "Paris ist einfach umwerfend!"

"Ich dachte, du hattest keine Zeit, um dir die Stadt anzuschauen." sagte Waldemar erstaunt.

"Dachte ich auch!" antwortete Marianne, "aber der Veranstalter hat eine kleine Sightseeing-Tour veranstaltet."

"Na gut", sagte Waldemar, "dann machen wir das!"

Waldemar hatte es sich lange überlegt, ob er Marianne von dem Besuch in der Klink seines Freundes und der damit verbundenen Untersuchung erzählen soll. Er war zu dem Entschluss gekommen es nicht zu tun.

Waldemar ging davon aus, dass es für Marianne leichter zu ertragen sei, wenn sie die Ursache für das nicht schwanger werden bei sich vermutete, als wenn sie wüsste, dass er die Ursache wäre.

"Ich wünsche mir so sehr, dass du mit mir demnächst für ein paar Tage nach Paris fliegst!" sagte Marianne zu Waldemar, als sie beim Frühstück zusammen saßen.

"Aber du warst doch erst vor einem knappen Monat dort!" sagte Waldemar überrascht.

"Na und?" sagte Marianne, "spricht etwas dagegen, wenn ich jetzt mit dir allein gern noch einmal dorthin möchte?"

"Aber nein!" antwortete Waldemar schnell, "im Gegenteil! Ich hatte mir nur nicht gedacht, dass es so bald sein würde."

"Fein! Dann buche ich für Samstag!"

"Was? Schon in vier Tagen? Ist das nicht ein bisschen knapp?"

Waldemars Überraschung nahm zu. Was war nur in Marianne gefahren, dass sie eine solche Eile an den Tag legte?

Wenige Tage später offenbarte sich der Sinn der plötzlichen Reise.

Marianne und Waldemar saßen am ersten Abend im Restaurant ihres tollen Hotels, das direkt am Ufer der Seine lag. Marianne hatte ihr dunkelrotes Kleid angezogen, das Waldemar so liebte.

"Ich liebe dich, mein edler Ritter!" sagte Marianne und hielt zärtlich Waldemars Hand in der ihren, "und ich möchte dir ein wunderbares Geschenk machen!"

Waldemar schaute voller Spannung in die dunklen Augen seiner geliebten Marianne, in die sich sein Herz vom ersten Anblick an hinein versenkt hatte.

"Wir bekommen ein Kind!"

Waldemar wurde schwarz vor Augen. Er drohte jeden Augenblick umzukippen. Es war der zweite schwere Schlag innerhalb kurzer Zeit. War der erste schon schwer, drohte dieser ihn jetzt zu zerstören.

"Was ist dir, Liebster?" fragte Marianne besorgt, "geht es dir nicht gut? Soll ich einen Arzt rufen?"

"Es geht schon wieder; es ist nur die Aufregung!"

Waldemar hatte sich wieder gefasst. Er schaute Marianne an wie eine Fremde. Und als eine solche empfand er sie wohl auch in diesem Augenblick.

"Ich denke, es ist besser, du ruhst dich ein wenig aus!" sagte Marianne und rief den Ober zu sich.

"Bitte schreiben Sie die Rechnung auf unser Zimmer!"
"Sehr wohl Madame!" sagte der Ober und weiter:

"Soll ich Ihnen jemand rufen, der Ihnen behilflich ist?"

Er musste bemerkt haben, dass Waldemar kurz vor einem Zusammenbruch gestanden war. Noch bevor Marianne etwas erwidern konnte, sagte Waldemar:

"Das ist sehr freundlich von Ihnen; aber nicht nötig. Vielen Dank!"

Dann sagte er zu Marianne:

"Ich habe auch ein Geschenk für dich! Aber erst auf dem Zimmer!"

Als sie im Zimmer angelangt waren, setzte sich Waldemar auf das Bett. Marianne setzte sich neben ihn und sagte:

"Es tut mir so leid, dass dich meine frohe Botschaft fast umgehauen hätte. Ich war genauso überrascht, als ich davon erfahren habe."

"Wie lange weißt du es denn schon?" fragte Waldemar.

"Seit ein paar Tagen!" antwortete Marianne.

"Und warum hast du es mir nicht gleich gesagt?"

"Weil ich dich in einem romantischen Ambiente damit überraschen wollte. Und da ist Paris, die Stadt der Liebe, doch wohl der richtige Rahmen dafür!"

Waldemar musste lachen. Er dachte daran, dass Paris wohl auch der richtige Rahmen für die Zeugung gewesen sein musste; nur dass er selbst nicht dabei war.

"Warum lachst du?" fragte Marianne, welcher das Verhalten von Waldemar jetzt immer seltsamer anmutete.

"Willst du nicht wissen, was für ein Geschenk ich für dich habe?" wich Waldemar einer Antwort aus.

"Aber ja doch, mein Schatz! Was ist es denn?"

"Mein Geschenk für dich ist..."
Waldemar hielt inne und sah in das gespannte Gesicht seiner Ehefrau.

"Mein Geschenk ist das Ergebnis einer Untersuchung, welche ich angestrengt habe und die belegt, dass ich niemandes Vater sein kann. Noch nicht einmal der von Armin und Bodo!"

Marianne erblasste zusehends. Sie vermochte bis zu diesem Augenblick nicht mit Sicherheit zu sagen, wer für die Vaterschaft zuständig sein würde.

Sie war schon vor geraumer Zeit dem Charme und der Jugend ihres Kollegen, Dr. Helmer erlegen, und die Paris-Reise verbrachte sie nächtens in seinem Zimmer.

Mit der Offenbarung von Waldemars Zeugungsunfahigkeit wurden die letzten Zweifel beseitigt. Sie wollte etwas sagen; aber Waldemar kam ihr zuvor.

"Bitte jetzt keine Plattitüden! Es ist wie es ist und wir werden die Konsequenzen daraus ziehen, wenn wir wieder zuhause sind!"

Marianne begann zu weinen; sagte aber keinen Ton.

"Unter diesen Umständen wirst du hoffentlich verstehen, dass wir morgen wieder zurückfliegen!"

"Natürlich, Waldemar!"

****

3. und letzter Versuch

"Ich wünsche dir alles Gute, lieber Freund und pass gut auf dich auf!"

"Das werde ich", sagte Waldemar und umarmte Frederique zum Abschied.

"Und du pass gut auf deine Erika auf!" sagte er zu Frederique und zu Erika:

"Und du auf ihn!"

Erika weinte, als sie Waldemar umarmte.

"Es tut mir so unendlich leid", sagte sie. "Das hätte ich von Marianne niemals gedacht. Ich kann es noch immer nicht verstehen!"

"Das ist vorbei!" sagte Waldemar, "jetzt beginnt ein neues Kapitel in meinem Leben. Ich hoffe nur, dass es weniger aufregend wird als die bisherigen."

"Und vergiss bitte nicht uns deine Bankverbindung mitzuteilen, wohin wir dir die Pacht schicken können!"

"Mache ich", sagte Waldemar, "kann aber ein bisschen dauern!"

"Und sperre uns nicht aus deinem Leben aus; lass ab und zu von dir hören!" sagte Frederique.

"Ihr seid meine Familie; euch vergesse ich nicht!"

Waldemar setzte sich in sein Auto und fuhr los. Als er im Rückspiegel den Reiterhof immer kleiner werden sah, wusste er, dass er so bald nicht mehr hierher zurück kehren würde.

Als er in der kleinen Stadt ankam, in welcher er sein neues Domizil aufschlagen wollte, kamen Erinnerungen hoch. Hier hatte er studiert und in der kleinen Mansardenwohnung, die er in den nächsten Minuten beziehen würde, hatte er schon als Student gewohnt.

Seine Wirtin, Frau Pabst, war überrascht, als er sich um die Wohnung bewarb. Gut, damals war er ein junger Student und die nicht allzu große Wohnung war passend für die Studienzeit. Aber jetzt, als erwachsener Mann mit dem adeligen Hintergrund, das passte irgendwie nicht zusammen.

Frau Pabst war anfänglich nicht wirklich begeistert. Aber als Waldemar ihr erzählte, er wolle ein Buch über seine Studentenzeit schreiben, und er bräuchte dazu genau dieses Ambiente von früher, da lösten sich ihre Bedenken in Rauch auf.

Hinzu kam, dass sie Waldemar als äußerst angenehmen Mieter in Erinnerung hatte. Und als sie erfuhr, dass Waldemar ungebunden war, da keimte wiederholt die Hoffnung bei Frau Pabst auf, es könnte ja vielleicht jetzt doch noch etwas werden mit dem Baron und ihrem Töchterlein.

Besagte Jungfer Hildegard, die sie noch immer war, lebte nach wie vor mit ihrer Mutter zusammen.

Sie hatte es zur Leiterin einer Bankfiliale gebracht, ein Ehemann hatte jedoch - sehr zum Leidwesen ihrer Mutter - noch immer nicht angebissen.

Lag es an ihrem Äußeren - Hildegard hatte sehr männliche Züge, einschließlich eines kleinen, süßen Damenbarts - oder an ihrer markanten Stimme, man weiß es nicht.

Wobei zu bemerken wäre, dass "markant" nicht zwangsläufig "schön" oder gar "lieblich" bedeutet.

Waldemar hatte Frau Pabst nichts von seinen beiden gescheiterten Ehen erzählt. Er hatte es dabei belassen seinen Status mit "ungebunden" zu deklarieren, und Frau Pabst musste sich wohl oder übel damit begnügen.

Eine alte Reiseschreibmaschine war das einzige Utensil, welches Waldemar von Gut Soltenau mit hierher genommen hatte. Mit ihrer Hilfe hatte er vor eine Art Tagebuch zu führen.

Und sie verschaffte ihm auch die Glaubwürdigkeit an einem Buch zu arbeiten. Das Geklapper der "alten Dame" war nicht zu überhören und drang bestimmt auch durch Mauern, um an das Ohr von Frau Pabst zu dringen.

Als er sich in der Klinik seinem Freund, Professor Lehmann melden ließ, wurde er sofort in dessen Büro geführt.

"Du schon wieder!" empfing ihn Robert jovial.

"Ja!" antwortete Waldemar, "und diesmal nicht in geheimer Mission!"

"Wie darf ich das verstehen?" fragte Robert höchst interessiert.

"Nun", begann Waldemar, "du wirst in Zukunft das großartige Vergnügen haben mich täglich sehen zu können. Natürlich nur, wenn du das möchtest!"

"Das ist mir zu hoch, meine Lieber!" antwortete Robert, "Das musst du mir näher erklären!"

Und dann erzählte Waldemar die Geschehnisse der vergangenen Monate und Wochen und von seiner Absicht auf unbestimmte Dauer in seinem ehemaligen Domizil aus Studentenzeit zu verweilen.

"Ich brauche Abstand, um wieder zu mir selbst zu finden!"

"Das verstehe ich, alter Freund!" sagte Robert und fügte begeistert hinzu:

"Aber das ist ja großartig! Nur mit dem täglichen sich Sehen, darüber wird noch zu reden sein!"

Jetzt lachten beide aus vollem Herzen. Sie hatten sich zwar in der Vergangenheit aus den Augen verloren; aber es hatte ihrer Freundschaft keinen Abbruch getan.

"Dann kommst du heute Abend zum Essen vorbei. Bei dieser Gelegenheit darf ich dir dann Hannelore, meine liebe Gattin vorstellen!"

"Sehr gern, mein Lieber. Also dann; bis heute Abend. Ich freue mich schon darauf!"

"Ich mich auch!"

Die beiden Freunde umarmten sich und es war von großer Herzlichkeit.

Sein nächster Weg führte Waldemar in die Universität. Er ersuchte die Dame beim Empfang, sie möge ihn beim Rektor anmelden.

"Haben Sie einen Termin?" fragte sie in einer nicht gerade sehr freundlichen Art.

"Nein!" antwortet Waldemar, "den brauche ich nicht!"

"Da irren Sie sich, mein Herr!" fuhr die Dame im selben Tonfall fort, "Sie können bei mir einen Termin ausmachen und zu gegebener Zeit dann wieder kommen!"

Jetzt hatte sich auch Waldemars Stimmungsbild etwas gewandelt. In einem bestimmten, an Lautstärke etwas zugenommenen Ton sagte er zu der erstaunten Dame:

"Sie nehmen jetzt den Hörer ab und melden mich! Und das ganze etwas plötzlich; wenn ich bitten darf!"

Die Dame am Empfang errötete stark, nahm den Hörer ab und sagte ihrem Herrn und Gebieter, dass ein gewisser Herr von Soltenau ihn zu sprechen wünsche.

"Was? Waldemar ist bei Ihnen? Schicken Sie ihn sofort zu mir! Nein, noch besser; Sie bringen ihn mir persönlich!"

"Sehr wohl, Herr Professor!"

Die Dame am Empfang wechselte unmittelbar ihre Gesichtsfarbe von Rot zu Blass, stammelte etwas von "Entschuldigung" und brachte dann mit einem zwanghaft aufgesetztem Lächeln den Besucher zum Herrn Rektor.

"Hallo, Onkel Toni!"

Mit diesen Worten begrüßte Waldemar den Freund der Familie.

"Grüß dich, mein lieber Waldemar! Ich freue mich sehr dich zu sehen. Ich habe das schon gehört von Marianne und dir, und es tut mir sehr leid für dich!"

"Das muss es nicht!" sagte Waldemar, "es ist nicht so schlimm!"

Der Professor sah Waldemar einen Augenblick lang an. Der eben gesagte Satz erinnerte ihn wieder an den kleinen Waldemar aus Kindertagen.

"Und was führt dich zu mir, mein Lieber?"

"Ein vielleicht für dich etwas verrückt anmutender Wunsch, den ich habe!" sagte Waldemar verhalten.

"Raus damit! Was es auch immer sein möge; wenn es in meiner Macht steht, dann will ich dir deinen Wunsch gern erfüllen!"

"Ich möchte immatrikulieren. Wenn das geht!"

Der Professor sah Waldemar überrascht an; dann lachte er.

"Bitte, entschuldige, dass ich lache, lieber Waldemar; aber dein Wunsch kommt jetzt tatsächlich etwas überraschend für mich. Sei mir bitte nicht böse!"

"Aber nein; es ist ja auch etwas skurril!"

"So würde ich das nicht nennen; aber egal. Und an was hast du gedacht?"

"Psychologie?" fragte Waldemar etwas zögerlich.

Der väterliche Freund des Studienanwärters Waldemar konnte sich nicht beherrschen; er lachte schon wieder. Dann ließ er sich auch noch hinreißen aus der Operette "Die lustige Witwe" eine Liedzeile zu intonieren:

"Ja das Studium der Weiber ist schwer!"

Waldemar wurde sofort von der witzigen Idee seines Onkels Toni angesteckt und nun sangen sie beide - in Ermangelung des fehlenden Textes - weiter:

"La-la-la-la, la-la-la, la-la!"

Da ging die Tür auf und die Sekretärin des Rektors kam herein und fragte vorsichtig:

"Ist alles in Ordnung, Herr Professor?"

"Aber natürlich, Frau Ritter, alles in bester Ordnung!"
Und bevor die besorgte Mitarbeiterin den Raum wieder verließ, sagte Onkel Toni noch:

"Wenn Sie schon einmal da sind; dann bringen Sie uns bitte noch zwei Cognacs. Und in der nächsten Stunde keine Störungen und keine Telefonate!"

Frau Ritter tat, wie ihr geheißen und beim Hinausgehen ließ sie ein kleines, feines Lächeln zurück.

"Soso", sagte der Professor, als sie allein waren, "du möchtest also Psychologie studieren!"

"Ja, Onkel Toni!" antwortete Waldemar, "aber ohne Abschluss. Mir geht es lediglich darum die Vorlesungen besuchen zu können!"

"Nichts da!" fuhr Onkel Toni dazwischen, "du weißt, halbe Sachen mag ich nicht! Wenn du schon immatrikulierst, dann erwarte ich ein ordentliches Studium und einen Abschluss!"

Das waren klare Worte und an der Ernsthaftigkeit gab es keinerlei Zweifel.

"Ich bin doch viel zu alt!" warf Waldemar ein, "das schaffe ich doch gar nicht!"

"Unsinn, mein Junge! Wer Angst davor hat herunter zu fallen, der sollte sich erst gar nicht auf ein Pferd setzen!"

Diese Worte waren Waldemar in guter Erinnerung. Sein Vater hatte es einmal zu ihm gesagt. Oder war es gar Onkel Toni? Waldemar zweifelte in diesem Augenblick, wer der Urheber dieser Worte war.

"Heißt das, es geht?" fragte Waldemar. "Und soll ich es machen?"

"Erster Teil deiner Frage - Ja! Zweiter Teil - das musst du dir selbst beantworten!"

"Dann mache ich das. Und vielen Dank, Onkel Toni!"

"Ist schon gut. Ich werde das nachher gleich in die Wege leiten. Und jetzt trinken wir darauf, Studiosus Waldemar von Solingen. Auf gutes Gelingen!"

****

Als sich die Tür öffnete, blickte Waldemar in das Gesicht einer etwas jüngeren Frau.

"Guten Abend! Mein Name ist Waldemar von Soltenau. Ich werde von den Herrschaften erwartet!"

"Ich weiß! Bitte, kommen Sie doch herein!"

Waldemar war eingetreten und an der jungen Frau vorbei gegangen, als er aus dem Hintergrund die Stimme Roberts hörte:

"Komm nur, mein Lieber, Veronika hast du ja schon kennengelernt!"

Jetzt bemerkte Waldemar seinen schrecklichen Irrtum. Er hatte die Frau des Hauses für einen Dienstboten gehalten. Und er hatte ihr sogar das Blumenpapier in die Hand gedrückt.

"Es ist mir über die Maßen peinlich!" begann er sich bei Veronika zur entschuldigen, doch bevor er fortfahren konnte, sagte Veronika:

"Die paar Minuten Verspätung machen doch nichts!" und weiter: "Ich werde erst einmal die Blumen ins Wasser stellen!"

Mit diesen Worten nahm sie Waldemar den Strauß aus der Hand, lächelte ihm zu und entschwand.

"Und wie gefällt dir meine Veronika?" fragte Robert den Freund.

"Es sind die Worte mir zu wenig, die Schönheit und die Anmut zu beschreiben, die diesem ach so wunderschönen Körper innewohnen!"

Mit diesem Zitat meinte Waldemar eigentlich die Feinfühligkeit dieser Frau, die ihn gerade aus höchster Not von Peinlichkeit gerettet hatte.

"Du bist noch immer der alte Romantiker und Träumer von damals!" sagte Robert und traf damit genau ins Schwarze.

"Ich wollte, es wäre nicht so!" dachte Waldemar still bei sich. "Es hat mich dahin gebracht, wo ich nie sein wollte..."

"Das Essen steht auf dem Tisch. Darf ich die beiden Herren bitten?"

Veronika hatte selbst gekocht und es schmeckte herrlich.

"Ich werde mich dann zurück ziehen", sagte Veronika nach dem Essen, "Sie haben mit meinem Mann sicher einiges zu besprechen!"

"Bitte nicht, gnädige Frau!" sagte Waldemar, und Robert fügte hinzu:

"Die „gnädige Frau" heißt Veronika und ich bestehe darauf, dass ihr euch duzt!"

"Aber Robert, du weißt doch gar nicht, ob das Herrn von Soltenau recht ist", sagte Veronika peinlich berührt.

"Der Herr von Soltenau heißt Waldemar und würde sich geehrt fühlen auf das DU-Wort mit Ihnen anstoßen zu dürfen!"

"Dann hole ich einmal die Gläser und du holst bitte den Champagner!" sagte Veronika zu Robert, der dieser Aufforderung mit dem größten Vergnügen nachkam.

Der Abend verlief in einer Harmonie, welche die arg geschundene Seele Waldemars wie ein wärmender Mantel umhüllte. Er hatte sich schon lange Zeit nicht mehr so wohl gefühlt.

"Ruderst du eigentlich noch?" fragte Robert Waldemar.

"Nein, seit damals nicht mehr. Nicht, dass ich nicht gewollt hätte; es hat sich einfach nie mehr ergeben."

Mit damals meinte Waldemar die Studienzeit, als er im Doppelvierer mit Steuermann in der Universitätsmannschaft aktiv gerudert war.

"Warum fragst du?"

"Nun, weil ich Vorsitzender im hiesigen Ruderclub „Poseidon" bin!"

Waldemar sah den Freund erstaunt an.

"Und ruderst du auch aktiv?" fragte er Robert.

"Leider nein", antwortete Robert, "dazu fehlt mir einfach die Zeit. Aber Veronika rudert!"

"Aha", sagte Waldemar und warf einen bewundernden Blick zu der Frau, die ihn von Anbeginn verzaubert hatte.

"Hätten Sie nicht vielleicht Lust wieder damit zu beginnen?" fragte sie Waldemar.

Waldemar lachte. "Zu alt und viel zu steif!" antwortete er. "Und außerdem sind wir doch per DU!"

"Fehlt euch zur Zeit nicht der vierte Mann?" mischte sich Robert ein.

"Der vierte Mann nicht; aber der zweite!" antworte Veronika, und zu Waldemar gewandt:

"Wir rudern nämlich einen gemischten Vierer mit Steuerfrau! Das heißt, wir sind zwei Damen, zwei Herren und eine Steuerfrau. Und der eine der beiden Herren fällt leider krankheitsbedingt aus."

"Ich glaube nicht, dass das etwas für mich ist", sagte Waldemar, "das ist viel zu lange her. Ich weiß gar nicht mehr, wie das geht!"

"Rudern ist wie Radfahren; das verlernt man nie!" sagte Veronika mit einem breiten Lächeln."

"Ihr habt doch donnerstags einen Stammtisch im "Alten Presshaus", sagte Robert.

"Was? Das gibt es noch?"

Waldemar war ganz aufgeregt, als er das hörte. Er hatte in seiner Studienzeit viele, oft auch viel zu lange Nächte dort verbracht. Er bemerkte gar nicht, dass er Robert das Wort weg genommen hatte.

"Und gibt es Johanna noch, die Wirtin?"

"Wo denkst du hin? Die wäre heute weit über einhundert Jahre alt!"

"Das macht jetzt Martin, ihr Sohn!"

Veronika hatte sich das Wort wieder zurück erobert und fuhr jetzt fort:

"Und dort treffen wir uns jeden Donnerstag zu unserem Stammtisch. Und wenn Sie, pardon, ich meine, wenn du Lust und Zeit hast, dann schau doch einfach einmal vorbei!"

Als Waldemar Tage später das "Alte Presshaus" betrat, machte sich eine große Enttäuschung bei ihm breit. Das Lokal, das er in lieber Erinnerung hatte, gab es nicht mehr.

Wo früher Decke und Wandvertäfelungen durch den vielen Tabakqualm dunkelbraun gebeizt waren und wo sich bei jedem Schritt die Bretter des Schiffbodens akustisch bemerkbar machten, begrüßten ihn jetzt Steinfliesen und Buchenholz.

"Hallo! Hallo! Hier sind wir!"

Mit diesen Rufen wurde Waldemar aus seinen Gedanken gerissen. Es war Veronika, die ihn gerufen hatte.

"Darf ich bekannt machen", sagte sie und dann stellte sie den Neuankömmling den anderen vor.

Zu Waldemars großer Überraschung, kannte er zwei der Gesichter. Peter Fichter und Birgit Kraft, jetzt verheiratete Fichter.

"Ich werde verrückt!" sagte Peter, "wenn das nicht unser Waldi ist!"

Peter war aufgestanden und begrüßte Waldemar voller Freude.

"Die Biggi kennst du ja noch", sagte Peter, "wir sind miteinander verheiratet!"

Erinnerungen wurden wach. Birgit, von allen nur Biggi genannt, hatte damals ein Auge auf Waldemar geworfen. Waldemar erwiderte ihre Gefühle nicht, weil sie ihm etwas zu wild war.

"Hallo Waldi!"

Birgit begrüßte ihn mit ihrer lasziven Stimme und gab ihm einen Kuss auf den Mund, was mit einem lauten "Oho" von der Runde begleitet wurde.

"Manche Dinge ändern sich wohl nie", dachte Waldemar und antwortete ganz bewusst mit:

"Hallo Birgit!"

Birgit verstand sehr gut und quittierte es mit einem Lächeln.

"Darf ich dir noch meine Schwester Luise vorstellen?"

Mit diesen Worten wies Veronika auf eine kleine, zierlich Person hin.

"Sie ist die Steuerfrau in unserem Boot!"

"Freut mich sehr!" sagte Waldemar und gab Luise die Hand.

"Es freut mich auch, Herr Baron!"

"Das ist nicht der Herr Baron!" drängte sich Peter vor, "du kannst ruhig Waldi zu ihm sagen!"

"Ich bevorzuge Waldemar", sagte der Herr Baron bestimmt, "das gilt auch für dich, lieber Peter; aber gerne mit DU!"

Als er in das Gesicht von Veronikas Schwester schaute, glaubte er ein feines Lächeln zu erkennen.

"Das war schon längst einmal fällig!" sagte Birgit mit ironischer Stimme. "Das kommt davon, wenn man immer der Frontmann sein will!"

Als hätte Peter es nicht gehört, sagte er:

"Also du willst unser viertes Crewmitglied werden! Dann musst du erst einmal deinen Einstand bezahlen!"

"Sachte, sachte", sagte Waldemar, "ganz so verhält es sich nicht! Aber die nächste Runde will ich gern übernehmen!"

"Ich fände es schön, wenn Sie bei uns einsteigen würden!" sagte Luise zu Waldemars großer Überraschung.

Waldemar konnte es sich in diesem Augenblick nicht erklären, warum er sich zu dieser kleinen Frau hingezogen fühlte. Er hatte sich geschworen nie mehr Gefühle, in Verbindung mit einer Frau, zuzulassen. Er war fest entschlossen nie mehr leiden zu wollen.

Er sah in Luises Augen etwas, was sehr schön war; benennen konnte er es aber nicht.

"Auch ich würde mich freuen, wenn du mitmachen würdest!" sagte Veronika, "aber das weißt du ja schon!"

"Und dasselbe gilt auch für Birgit und mich!"

Waldemar musste lächeln, hatte Peter gerade eben nicht Biggi, sondern Birgit gesagt.

"Wie kann ich da noch NEIN sagen", beugte sich Waldemar dem Wunsch der Anwesenden und dann wurde dieser Entschluss mit viel Alkohol besiegelt. Irgendwann später waren er und Luise per DU.

"Kannst du mir etwas über deine Schwägerin erzählen?" fragte er Tage später Robert, als er mit ihm allein war.

"Oh je", antwortete Robert, "das ist ein trauriges Kapitel!"

"Wie das?" bohrte Waldemar voller Ungeduld.

"Nun, du kennst doch die Firma Hoch- und Tiefbau Kronwetter", antwortete Robert.

"Ja!" antwortete Waldemar, "die gab es ja früher schon!"

"Eben!" fuhr Robert fort. "Und der junge Karl Kronwetter ist der Ehemann von Luise."

"Und weiter?" drängte Waldemar.

"Besagter Karl Kronwetter ist ein Trinker, und man sagt, wenn er zu viel hat, dann schlägt er auch schon gern einmal zu!"

"Du willst sagen, er schlägt seine Frau?" fragte Waldemar erregt.

"Nein!" antwortete Robert. "Das weiß ich nicht! Und Luise hat noch nie eine Andeutung in dieser Richtung gemacht! Auch Veronika gegenüber nicht."

Waldemar fühlte eine tiefe Wut in sich aufsteigen. Das Schlagen eines Menschen war ihm schon immer in tiefster Seele zuwider. Und dass Männer Frauen schlagen, konnte er noch nie verstehen. Aber ebenso wenig verstand er nicht, warum Frauen solche Männer nicht verlassen.

"Bitte, erzähle Veronika nichts von unserem Gespräch!" sagte Robert, "das ist ein wunder Punkt für sie!"
"Pass auf, dass du nicht zu viele Krebse fängst!"

Mit diesen geflügelten Worten begann das erste Rudern nach sehr vielen Jahren der Abstinenz.

Wer anderer als Peter hätte diese motivierenden Worte für Waldemar wohl finden können.

Waldemar war überrascht wie gut es funktionierte und mit jedem weiteren Schlag wuchs sein Selbstbewusstsein und mit ihm auch die Freude.

Das Boot war für ihn etwas ungewohnt, handelte es sich doch um ein Boot für das Wanderrudern. Es war breiter als ein Wettkampfboot und war mit wasserdichtem Stauraum ausgestattet.

Als sie wieder an Land waren, sagte Veronika:

"Habe ich es dir nicht gesagt, Rudern ist wie Radfahren. Das verlernt man nicht!"

Am nächsten Tag spürte Waldemar Muskeln, die schon beinahe in Vergessenheit geraten waren. Jede Bewegung bereitete ihm Schmerzen auf einem Level, den er fast nicht ertragen konnte.

Er rief bei Robert an und bat ihn um eine Empfehlung, was er dagegen unternehmen könnte.

"Gehe in das Massageinstitut Berlinger und verlange Frau Helene. Sie wird dir sicher helfen! Ich rufe an und mache einen Termin für dich aus!"

Waldemar folgte der Empfehlung seines Freundes Robert und suchte das Massageinstitut auf. Dort verlangte er nach Frau Helene. Die Dame am Empfang begrüßte ihn sehr freundlich und sagte dann zu ihm:

"Gehen Sie bitte in Kabine drei und ziehen Sie sich aus! Die Frau Helene wird dann gleich zu Ihnen kommen!"

"Hallo Waldemar!"

Waldemar hatte sich auf die Massageliege gesetzt und wäre fast herunter gefallen, als er sah, wer ihn begrüßte.

"Du hier?" sagte er erschrocken, "aber du heißt doch Luise und nicht Helene.

"Mein zweiter Vorname ist Helene", sagte die kleine Frau, ganz in weiß gekleidet, "und ich musste diesen Namen verwenden, denn als ich hier anfing, gab es bereits eine andere Kollegin, die Luise heißt!"

Waldemar sah Luise fassungslos an.

"Ich nehme an, dass Robert dir das nicht gesagt hat!"

"Hat er nicht!" sagte Waldemar, "der kann etwas erleben!"

"So groß ist deine Enttäuschung?"

"Um Gottes willen, nein!" stieß Waldemar hervor, "ganz im Gegenteil!"

Es war ihm einfach so heraus gerutscht und er fühlte, wie ihm warm im Gesicht wurde.

"Dann wollen wir einmal anfangen!" sagte Luise, "Robert hat mir schon am Telefon gesagt, wo der Schuh drückt."

Und dann spürte Waldemar die begnadeten Hände dieser kleinen, zierlichen Frau, von denen eine Kraft ausging, die er nie vermutet hätte.

Luise wusste genau, wo und wie sie hin greifen musste und sie dosierte die Massage so, dass sie sich an der Schmerzgrenze entlang bewegte ohne sie jedoch zu überschreiten.

"Wenn wir fertig sind, dann gehe bitte in die Sauna. Das wird die Wirkung der Massage noch verstärken!"

"Wenn du das sagst, dann mache ich das auch!" sagte Waldemar mit einem Augenzwinkern.

Die Sauna war nur mäßig besetzt. Außer Waldemar saßen nur noch zwei Herren und eine Dame auf den Bänken.

Es mag auch daran gelegen haben, dass es schon kurz vor Ende der Öffnungszeit war. Die drei anderen Gäste verließen nach und nach die Saunakammer und gerade, als auch Waldemar hinaus wollte, öffnete sich die Tür und Luise kam herein.

"Macht es dir etwas aus, wenn ich mich zu dir geselle?" fragte sie, setzte sich nieder und öffnete ganz selbstverständlich ihren Saunakilt.

"Nein! Natürlich nicht!" antwortete Waldemar, was jedoch nicht ganz der Wahrheit entsprach. Er fühlte sich in diesem Augenblick völlig verunsichert und die Tatsache, dass sie beide nackt waren, trug wesentlich dazu bei.

"Gehst du öfter in die Sauna?" begann Luise ein Gespräch.

"Eigentlich nicht!" antwortete Waldemar. "Ich glaube, ich war noch nie in einer Sauna!"

"Aha!" sagte Luise und lachte. "Jetzt verstehe ich auch, warum du deinen Körper so fest eingewickelt hast!"

Waldemar saß da, sein Badetuch eng um den Leib geschlungen, und stand schon kurz vor einem Kollaps.

"Es ist wohl besser, du gehst dich erst einmal abkühlen!" sagte Luise und ergänzte ihren guten Ratschlag mit:

"Aber gib das Badetuch herunter, bevor du in das Becken hüpfst!"

Waldemar ging hinaus und machte, wie ihm gesagt wurde. Er duschte sich kurz ab und stieg in das Becken in einer für ihn ungewohnter Nacktheit und mit Schweißperlen auf der Stirn.

Kurz darauf kam Luise aus der Saunakammer und stieg ebenfalls in das Becken. Sie schwamm auf Waldemar zu und fragte:

"Geht es dir schon besser?"

Und Waldemar antwortete:

"Ich weiß gerade nicht, wie es mir geht!"

Luise musste herzlich lachen.

"Ich habe für dich einen Bademantel dorthin gehängt", sagte sie und deutete auf einen Haken an der Wand. "Wenn du möchtest, dann kannst du noch mit in den Ruheraum kommen!"

Dann stieg sie aus dem Wasser und Waldemar folgte ihr kurze Zeit später. Als er in den Ruheraum kam, hatte Luise zwei Liegen zusammen gerückt.

Waldemar legte sich nieder und Luise nahm eine Decke, um ihn darin einzuhüllen. Als sie sich dabei über ihn beugte, öffnete sich ihr Bademantel und gab ihre kleinen Brüste frei.

"Du magst es ja gern, wenn du gut eingewickelt bist!" sagte Luise scherzhaft und verschloss ihren Bademantel. Waldemar war in diesem Augenblick sehr froh, dass er zugedeckt war und seine Erregung dadurch unentdeckt blieb.

"Sollten wir nicht gehen, bevor das Licht abgedreht wird?" bemühte sich Waldemar um eine zwanglose Unterhaltung.

"Ein paar Minuten haben wir noch!" sagte Luise. Und nach einer kleinen Pause:

"Oder ist es dir unangenehm mit mir hier allein zu sein?"

"Du weißt, dass das nicht so ist!" antwortete Waldemar.

"Dann ist es ja gut!" sagte Luise und streckte Waldemar ihre Hand entgegen. Waldemar ergriff sie und erwiderte:

"Ja, es ist gut; es ist mehr als gut. Es ist einfach wunderbar!"

Und dann erklärte Luise, dass die Anlage für das Personal nach Feierabend noch eine gute Stunde zur Verfügung steht.

"Und warum sind wir dann allein da?" fragte Waldemar verwundert.

"Weil ich die anderen nach Hause geschickt habe!" antwortete Luise. Dann stand sie auf, gab Waldemar einen Kuss auf die Wange und beim Hinausgehen sagte sie:
"Wir sehen uns am Donnerstag beim Stammtisch!"

Waldemar war völlig durcheinander. Seine Gefühle fuhren gerade Achterbahn. Dann ging die Tür noch einmal auf und Luise steckte ihren Kopf herein. Und mit dem schönsten Lächeln der Welt sagte sie:

"Das war schön heute! Vielen Dank!"

****

"Es wird Zeit, dass wir unsere Jahresabschlusstour planen!"

Mit diesen Worten wurde der nächste Donnerstags-Stammtisch von Peter eröffnet.

"Wie wäre es mit „Passau - Wien"? schlug Luise vor.

"Das ist zu weit!" sagte Peter.

"Aber wieso?" fragte Veronika, das ist in sieben bis acht Tagen locker zu schaffen."

"Ja, schon!" sagte Peter, "aber wie soll das gehen? Wir bringen ja noch nicht einmal das Gepäck für mehrere Tage im Boot unter."

"Das ginge nur, wenn jemand das Gepäck transportiert", mischte sich Birgit ein, die Gefallen an der Idee gefunden hatte.

"Und wer sollte das deiner Meinung nach sein?" fragte Peter süffisant.

"Gregor!"

Die Antwort auf Peters Frage kam von Veronika.

"Er kann zwar nicht mehr rudern; aber Autofahren, das kann er allemal!"

"Das ist die Lösung!" jubelte Birgit, die froh war, nicht wie all die Jahre davor, wieder eine langweilige Tagestour zu erleben, welche ihr Gatte organisiert hatte.

"Ich weiß nicht", startete Peter einen letzten Versuch den Vorschlag nieder zu schmettern.

"Stimmen wir ab!"

Waldemar konnte sich einfach nicht zurück halten. Die Aussicht an mehreren aufeinander folgenden Tagen Luise näher sein zu können, hatte ihn beflügelt.

"Wer dafür ist, hebe die Hand!"

Dieser Aufforderung von Birgit kamen alle nach, außer Peter. Als er sah, dass er überstimmt war, hob er eilig seine Hand und sagte:

"Ich hatte auch schon längere Zeit darüber nachgedacht, ob wir unsere Jahresabschlusstour über mehrere Tage machen sollten."

Diese Lüge fand keine Abnehmer und Birgit schüttelte nur mit dem Kopf.

"Wer ist dieser Gregor?" fragte Waldemar.

"Das ist dein Vorgänger, Gregor Tremmel", sagte Veronika. "Ich bin mir ganz sicher, dass er uns helfen wird. Er ist ein feiner Kerl und er bedauert es sehr, dass er nicht mehr rudern kann.

"Und warum nicht?" fragte Waldemar weiter.

"Gregor musste an der Wirbelsäule operiert werden, Bandscheibenvorfall!"

Peter hatte sich wieder ins Spiel gebracht und er gestaltete den restlichen Abend mit dem Erzählen vergangener Touren auf dem Wasser.

Und wieder einmal unterstrich er die Wichtigkeit seiner Person. Er war damals, als Robert zum Vorsitzenden des Vereins gewählt wurde, bitter enttäuscht. Als einer der Mitbewerber wurde er vernichtend geschlagen. An dieser Niederlage hatte er noch sehr lange zu knabbern.

Die Route der Tour wurde genau geplant. Knappe 300 km stromabwärts waren zu bewältigen in sieben Etappen mit durchschnittlich 42 Kilometer pro Tag. Und in der Mitte ein Ruhetag.

In Passau wurde das Boot zu Wasser gelassen. Gregor hatte die fünf Abenteurer samt Boot bis dorthin gefahren.

Die erste und auch längste Etappe führte nach Aschach. Das dortige Schloss war ursprünglich, mit absichtlich eingeleiteten Regenabwässern, der Zerstörung anheimgefallen und wurde 1987 wieder restauriert.

Erschöpft und müde vom ersten Tag, hielt sich das Interesse an Kultur bei den fünf Freunden in Grenzen. Duschen, essen, schlafen; in dieser Reihenfolge ging der Tag zu Ende.

Den nächsten Tag ließ man gemütlich angehen. Nach einem ausgiebigen Frühstück ging es weiter nach Abwinden. Platz eins, also nach der Steuerfrau Luise nahm an diesem Tag, Birgit ein. Dahinter kam Peter, dann Veronika und am Ende Waldemar.

Abwinden ist bekannt durch sein Laufkraftwerk in der Donau. Das ist ein Wasserkraftwerk, bei dem Zufluss und Abfluss stets gleich sind, d.h. dass keine Aufspeicherung von Wasser für ökonomische Nutzung vorgenommen wird. Man nennt es auch Flusskraftwerk.

Als die müden Ruderer in Abwinden ankamen, wurden sie schon von Gregor erwartet. Er führte sie in ihre Unterkunft, wo sie eine Überraschung erwartete. Der Vorsitzende des RC Neptun persönlich, Robert Lehmann gab sich die Ehre.

"Ich wollte einmal nach meinen Helden schauen!" begrüßte er die Freunde. Veronika freute sich am meisten, sie strahlte über das ganze Gesicht.

"Nun, wie geht es euch?" fragte Robert. "Wollt ihr immer noch mit dem Boot nach Wien oder soll ich nicht doch lieber einen Bus chartern?"

"Du beleidigst die ganze Mannschaft!" sagte Veronika empört, "dafür bezahlst du die gesamte Zeche heute Abend!"

"Das hatte ich sowieso vor!" lachte Robert.

Bevor der Abend begann, wanderte Luise von Zimmer zu Zimmer und massierte ihre Mitstreiter. Anschließend war eine Stunde Bettruhe angesagt.

Da ihre körperlich Anstrengung als Steuerfrau, im Gegensatz zu den anderen, eher gering war, stellte das keine zu große Belastung dar. Jedoch ohne ihr gutes Werk hätten die vier Riemen schwingenden Mitstreiter schon den ersten Tag nicht überlebt.

Veronika und Luise teilten sich ein Zimmer, ebenso Peter und Birgit. Waldemar und Gregor bildeten das dritte Paar.

Tag drei der Tour führte nach Grein. Die Perle des Strudengaus liegt inmitten der Mühlviertler Hügellandschaft. Für den Nachmittag war eine Führung durch Schloss Greinburg geplant.

Auf den nächsten Tag freuten sich die fünf Freunde schon sehr, weil ihm ein Ruhetag folgen würde. Als sie von weitem Stift Melk erkennen konnten, setzte das einen großen Energieschub frei.

Die bisherigen Tage hatten doch schon ordentlich an der Substanz gekratzt; auch wenn das wohl keiner zugeben wollte.

Der Besuch des Stifts - Wahrzeichen der Wachau und UNESCO-Welterbe - war zweifellos ein ganz besonderes Erlebnis. Allein die Bibliothek mit ihren mehr als 100.000 Bänden war überwältigend.

"Der morgige Tag steht zur freien Verfügung", sagte Peter beim Abendessen. Auf Birgit und mich müsst ihr verzichten; wir gehen golfen nach Maria Taferl!"

Die bewundernden Blicke, welche sich Peter erhofft hatte, blieben leider aus. Und so ergänzte er seine Ankündigung lediglich mit:

"Ihr könnt natürlich gern mitkommen, wenn ihr möchtet!"

"Das ist sehr lieb von dir, Peter", sagte Veronika, "aber wir haben schon andere Pläne!"

Waldemar schaute ebenso überrascht wie Luise, die auch nicht zu wissen schien, was ihre Schwester damit meinte.

"Wir fahren ins Eitental nach Weiten zum Kamelreiten!" erhellte Veronika die Unwissenden.

Peter wurde im selben Moment von seiner Birgit mit einem wenig freundlichen Blick belegt. Sie war nicht besonders glücklich über den gebuchten Besuch des Golfplatzes; diente er doch in erster Linie dem unbändigen Geltungstrieb ihres Gatten.

"Wenn ich das gewusst hätte, wäre ich viel lieber mit euch gegangen!" sagte sie enttäuscht.

"Das tut uns leid!" sagte Veronika und wurde noch nicht einmal rot dabei. Es war nicht so, dass sie die beiden nicht mochte. Aber eine ganze Woche lang mit ihnen war schon eine besondere Herausforderung, der sie so für einen halben Tag mit Freuden entfliehen konnte.

Veronika hatte schon längst den Funkenflug bemerkt, welcher zwischen Waldemar und ihrer Schwester hin und her sprühte.

Als Peter und Birgit nach dem Frühstück zu ihrem Golfevent losgezogen waren, sagte sie:

"Ich habe noch ein paar Dinge in der Stadt zu erledigen und werde sicher nicht vor zwei Stunden wieder zurück sein!"

Diese Ankündigung war so durchsichtig wie Fensterglas. Erstens war Melk mit seinen etwas mehr als 5.000 Einwohnern keine Großstadt, in der man sich verlieren konnte, und zweitens kannte Luise ihre Schwester in- und auswendig.

"Ich nehme an, wir können dir dabei nicht behilflich sein?" fragte Luise schelmenhaft, und Veronika sagte:

"Du bist und bleibst ein schreckliches Weib!"

Die beiden Schwestern lachten und umarmten sich, und Waldemar begann ganz allmählich die Dinge zu verstehen.

"Bist du auch noch so müde wie ich?" fragte Luise und untermalte ihre scheinbare Müdigkeit durch ein herzhaftes Gähnen.

Und bevor Waldemar darüber nachdenken und antworten konnte, fuhr Luise fort:

"Am besten, wir legen uns noch ein bis zwei Stündchen nieder! Meinst du nicht auch?"

Und wieder fand Waldemar keine Zeit zum Überlegen und Nachdenken, denn Luise hatte seine Hand genommen, um ihn in ihr Zimmer zu führen.

Was dann geschah, wurde von derselben Unbefangenheit getragen, wie sie Luise schon in der Sauna an den Tag gelegt hatte.

Während sie ihre Kleider ablegte, sagte sie zu Waldemar:

"Zieh dich aus und leg dich zu mir. Ich möchte, dass du mich liebst!"

Waldemar entledigte sich wie in Trance seiner Kleider, und ohne dass ihm das bewusst wurde, tat er dies in völliger Unbefangenheit, wie schon Luise vor wenigen Augenblicken davor.

Dann liebten sie sich. Und alle Schwüre und guten Vorsätze, sich künftig vor Liebesschmerzen zu schützen, lösten sich in Wohlgefallen auf.

Es klopfte, und unmittelbar danach öffnete sich die Zimmertür und Veronika trat ein. Waldemar und Luise lagen noch immer liebestrunken im Bett.

"Es tut mir leid", sagte Veronika, "dass ich euch stören muss! Aber der Fahrer, der uns zu unserem Kamelreiten abholt, ist viel zu früh gekommen. Also zieht euch an; die Kamele warten schon!"

Und so plötzlich, wie sie herein gestürzt war, so schnell war sie auch wieder draußen.

"Was war das denn?" fragte Waldemar entsetzt.

"Ja; so sind wir Danninger-Schwestern!" sagte Luise mit einem Lachen. "Besser, du gewöhnst dich daran!"

Als am Abend wieder alle zusammen saßen, fiel auf, dass Peter nicht gerade wohlgelaunt war.

"Wie war eure Golfrunde?" konnte sich Luise nicht verkneifen zu fragen.

"Frag lieber nicht!" antwortete Birgit mit einem breiten Grinsen. "Peter war der „Bogey-König" auf dem Platz!"

Peters Mine verfinsterte sich noch mehr, zumal ihm klar war, dass alle Anwesenden wussten, was das zu bedeuten hatte.

"Das lag an meiner Schulter; ich muss heute Nacht schlecht geschlafen haben!"

Mit dieser Ausrede bemühte sich Peter Schadensbegrenzung zu begehen, was aber nicht wirklich funktionierte.

"Wenn du möchtest, dann schau ich mir das nachher einmal an", sagte Luise, was Peter jedoch dankend ablehnte.

"Heute sind wir noch am Ausgang der Wachau", meldete sich jetzt Veronika zu Wort, "und morgen legen wir in Krems, dem Tor zur Wachau an. Genauer gesagt bei den Ruderkameraden in Stein, einem Stadtteil von Krems!"

Und zur allgemeinen Freude ergänzte sie:

"Der Obmann vom Steiner Ruderclub ist ein persönlicher Freund meines Mannes und organisiert für morgen Abend ein kleines Willkommensfest für uns!"

"Da müssen wir morgen wohl die Schlagzahl erhöhen!" sagte Peter, der wieder Boden unter die Füße gekriegt hatte.

"Genauso ist das!" sagte Waldemar und alle lachten.

"Morgen sitzt du am Schlag!" sagte Peter bestimmend zu Waldemar. "Dann sind wir bestimmt schneller in Krems!"

Waldemar war sich nicht sicher, wie er die Bemerkung von Peter einordnen sollte. Sollte es ein verbaler Seitenhieb sein oder wollte Peter einfach nur lustig scheinen?

Waldemar entschied sich für Letzteres. Er war noch viel zu sehr von den Ereignissen des Tages aufgeladen, als dass er sich negativen Gedanken hingeben wollte.

"Und wie war euer Tag?" fragte jetzt Birgit.

"Himmlisch, einfach nur himmlisch!" hätten Luise und Waldemar im Chor singen wollen; aber Veronika gab zur Antwort:

"Es war ein besonderes Erlebnis!"

"Und das in jeder Beziehung!" ergänzte Luise mit einem vielsagenden Gesichtsausdruck. Eigentlich hätten Birgit und Peter es an den Gesichtern der drei Verschwörer ablesen können, war doch die Luft noch immer von Pheromonen erfüllt.

Der Gast-Vierer mit Steuerfrau wurde am Ufer der Donau schon von den Kremser Ruderkollegen erwartet und Gregor war ebenfalls da.

"Herzlich Willkommen und Gratulation zu der bisherigen, tollen Leistung!"

Mit diesen Worten empfing der Obmann des Steiner Ruderclubs die Gäste. Eine junge Frau machte Fotos und bat um einige Informationen für die örtliche Wochenzeitung.

Am Abend waren dann die Kremser Ruderkollegen mit ihren Ehefrauen gekommen, und dass auch Robert angereist war, überraschte nicht wirklich. Auf diese Weise konnte er wieder einmal seinen österreichischen Freund sehen und sprechen.

Irgendwann später sagte Veronika zu Luise so, dass es alle hören konnten:

"Heute Nacht musst du allein schlafen, mein Schwesterherz; denn ich werde mit meinem Schatz die Vorzüge einer Suite genießen!"

Wie aus einer Pistole geschossen, trafen sich die Blicke von Luise und Waldemar, welche ihre Freude auf eine gemeinsame Nacht nur schwer verbergen konnten.

"Ich muss euch leider schon verlassen!" sagte Gregor zu vorgerückter Stunde, "ich übernachte in Tulln und erwarte euch dann morgen dort!"

"Aber wieso schläfst du nicht hier?" fragte Peter.

"Das hat private Gründe!" antwortete Gregor.

Als er gegangen war, fragte Peter in die Runde:

"Wisst ihr, was das für private Gründe sind, von denen Gregor gesprochen hat?"

Es folgte allgemeines Kopfschütteln, gefolgt von einem fragenden Blick von Luise zu Veronika.

Und Veronika nickte nur ganz leicht. Sie hatte ihren Mann gebeten Gregor zu veranlassen in Tulln zu übernachten und Gregor war der Bitte von Robert nachgekommen.

Robert hatte Gregor sehr geholfen, als er mit seinen Rückenproblemen zu ihm gekommen war und er hatte ihn auch operiert. Dafür war Gregor seinem Freund sehr dankbar und er freute sich, Robert einen kleinen Gefallen erweisen zu können.

"Wer hätte das gedacht, dass wir heute schon wieder zusammen schlafen", sagte Luise Stunden später, als Waldemar sie fest umschlungen hielt.

"Und das die ganze Nacht!" sagte Waldemar.

"Schlecht geschlafen?" fragte Peter Waldemar am nächsten Morgen.

"Zu wenig!" antwortete Waldemar lächelnd wahrheitsgemäß. "Die Aufregung!"

"Welche Aufregung?" fragte Peter weiter.

"Dass ich heute am Schlag sitzen werde! An dieser Position habe ich noch nie gerudert!"

Veronika, die in diesem Augenblick an den beiden Männern vorbei ging, sagte - ebenfalls lächelnd - zu Waldemar:

"Das schaffst du schon! Und Luise ist ja auch noch da; die wird dich schon unterstützen!"

Wenig später legten sie vom Bootssteg ab, um die Reise fortzusetzen. Waldemar als Schlagmann auf Position eins und Luise ihm direkt gegenüber als Steuerfrau mit einem Dauergrinsen im Gesicht.

Auf dem Weg nach Tulln hatten die Ruderer noch ein imposantes Erlebnis. In der Schleuse Altenwörth überwanden sie in der 230 Meter langen und 24 Meter breiten Schleusenkammer eine Fallhöhe von 15 Metern.

Tulln ist eine Stadtgemeinde mit ca. 16.000 Einwohnern und wird auch die "Rosenstadt" genannt. Sie ist eine der ältesten Städte Österreichs. Angeblich empfing dort der Hunnenkönig Etzel Siegfrieds Witwe Kriemhilde, wenn man dem Nibelungenlied glauben darf. Die Tullner haben diesem Ereignis vorsorglich ein Denkmal in Form eines Brunnens gewidmet.

Der Nachmittag wurde mit einem kleinen Stadtrundgang verbracht und am Abend ging man zeitig schlafen, um am nächsten Morgen für die letzte Etappe fit zu sein.

"Das darf doch nicht wahr sein!"

Als Birgit am nächsten Morgen zum Frühstück erschien, saßen die anderen schon mit langen Gesichtern da.

"Sieben Tage schönstes Wetter und ausgerechnet am letzten Tag muss es regnen!"

"Das ist wirklich gemein!" sagte Luise und weiter:

"Wer war es?"

Luises Gesichtsausdruck wirkte bedrohlich.

"Was meinst du?" fragte Veronika, "wer war was?"

"Wer hat gestern Abend sein Tellerchen nicht leer gegessen?"

Das war wieder einmal typisch Luise. Allem etwas Gutes abgewinnen und niemals verzagen. War das auch das Rezept, warum sie so lange bei ihrem Mann geblieben war.

Diese Gedanken kamen Veronika in den Sinn, als sie das hörte. Und als Unterstützung sagte sie:

"Ist doch gut! Dann haben wir das Regenzeug nicht umsonst mitgenommen!"

Die Stimmung begann sich zu verändern und Optimismus machte sich breit.

"Wer weiß? Vielleicht wird es ja noch schön heute!" steuerte Waldemar bei und Peter nickte zustimmend.

Als hätte Petrus die Freunde gehört, riss der Himmel auf, noch bevor sie das Boot bestiegen. Die Wolken zogen zwar noch einige Flusskilometer mit, aber kurz vor Wien verabschiedeten sie sich.

Und dann waren sie am Ziel ihrer Reise: Wien, genauer gesagt Korneuburg bei Wien.

Gregor nahm die Freunde in Empfang und nachdem sie das Boot auf dem Hänger verladen hatten, trat Gregor die Rückfahrt an.

Den restlichen Tag verbrachten sie mit geführtem "Sightseeing in Vienna" und am Abend stieg die große Siegesfeier im Restaurant des Hotels.

Waldemar hatte Veronika - auf ihre Bitte hin - seinen Zimmerschlüssel gegeben, damit er mit Luise eine letzte gemeinsame Nacht verbringen könnte.

"Wir müssen reden!" sagte Waldemar, als er mit Luise allein in ihrem Zimmer war.

"Über was möchtest du denn reden?" fragte Luise erstaunt.

"Über uns!" antwortete Waldemar, "über uns und wie es weitergehen soll!"

"Das verstehe ich nicht!" sagte Luise, "was meinst du damit?"

Waldemar, der über Luises Frage erstaunt war, antwortete:

"Ich möchte dich jetzt etwas fragen!"

"In Ordnung!" sagte Luise, "dann frag!"

"Willst du mit mir nach Gut Soltenau kommen?"

Luise schaute Waldemar mit großen Augen an.

"Wie soll das gehen?" fragte sie Waldemar, "ich bin verheiratet!"

"Das weiß ich!" sagte Waldemar ungeduldig, "aber du bist doch nicht glücklich! Oder?"

"Was heißt schon Glück?" antworte Luise und Wehmut lag in ihrer Stimme.

Waldemar war verwirrt. Er brauchte einen Augenblick, bevor er fortfuhr.

"Ich dachte, wir lieben uns und wir wollen zusammen sein."

"Ein schöner Gedanke", sagte Luise; "aber das geht nicht. Kurt würde niemals in eine Scheidung einwilligen!"

"Aber würdest du denn die Scheidung wollen?"
Luise sah Waldemar an und schwieg.

"Ich glaube, es ist besser, ich gehe in meine Zimmer!" sagte Waldemar und stand auf, um zu gehen.

Luise hielt ihn am Arm zurück.

"Sei bitte kein Narr!" sagte sie, "Veronika schläft sicher schon längst. Willst du sie aufwecken?"

Dann nahm sie Waldemars Gesicht in ihre Hände und küsste ihn.

"Lass uns nicht streiten. Es ist unsere letzte Nacht. Nimm mich einfach in den Arm und liebe mich!"

Waldemar, der sich der Bitte von Luise nicht entziehen konnte und auch nicht wollte, nahm sie in den Arm und liebte sie. Aber es war nicht dasselbe wie in den vergangenen Nächten davor.

Ein Sammeltaxi brachte sie am nächsten Morgen zum Flugplatz nach Wien. Pünktlich um 13:30 Uhr hob die Maschine ab und brachte die Freunde wieder nach Hause.

****

Waldemar sah Luise in der nächsten Zeit nur noch anlässlich der Stammtisch-Donnerstage.

Es war an Veronikas Geburtstag, als Waldemar den Ehemann von Luise zum ersten Mal begegnete. Als sie einander vorgestellt wurden, sagte Kurt zu Waldemar:

"Du bist also der Mann, der anstelle von Gregor mit meiner Frau nach Wien gegondelt ist."

"Wenn Sie das so sehen wollen", antwortete Waldemar, das "Sie" stark betonend.

Das Grinsen auf Kurts Gesicht war ein wenig zurück gewichen und hatte einer leichten Verunsicherung Platz gemacht. Er war es nicht gewohnt, dass man sein "Du" zurück wies.

Den Rest des Abends ging man sich erfolgreich aus dem Weg. Waldemar fiel es einmal mehr schwer zu verstehen, was Frauen an einem solchen Mann finden.

Kurt war in seinen Augen ein polternder, egoistischer und rücksichtsloser Mittelpunktmensch, der auf ihn in großem Maße abstoßend wirkte.

Natürlich hat so ein Mensch auch seine Claqueure, die ihm - in Form lauten Gelächters - Beifall zollen, wenn er zotige, schmutzige Witze erzählt.

Das zeigte sich auch an diesem Abend, als Kurt Schenkel klopfend Hof hielt und seine Zuhörer begeisterte.

"Ein schrecklicher Mensch!" sagte Veronika, "aber er ist nun einmal der Mann von Luise!"

"Was ich überhaupt nicht verstehe!" stieß Waldemar hervor. "Wie konnte deine Schwester diesen Mann nur heiraten?"

"Weil sie von ihm schwanger war!"

"Was?"

Waldemars Entsetzen stand ihm deutlich ins Gesicht geschrieben,

"Von diesem Proleten?"

"Komm mit in die Bibliothek!" sagte Veronika.

Waldemar folgte Veronika in die Bibliothek und dort erzählte sie ihm, dass Luise als junges Mädchen auf den aufstrebenden Jungunternehmer getroffen war, der gerade erst die Firma seines Vaters übernommen hatte.

Kurt wäre damals noch ganz anders gewesen. Der Erfolg sei ihm erst später zu Kopf gestiegen. Luise wurde schwanger, dann wurde geheiratet, und kurz darauf erlitt Luise eine Fehlgeburt.

"Das ist ja furchtbar!" sagte Waldemar, der Veronika sehr aufmerksam zugehört hatte. "Arme Luise."

Kurt, der sich in großen Mengen Speis und Trank zugeführt hatte, wurde mit zunehmender Zeitdauer immer lauter. Es war Luise, die ihn - unter dem Vorwand einer beginnenden Migräne - veranlasste mit ihr vorzeitig die Gesellschaft zu verlassen.

Als sie gegangen waren, sagte Veronika zu Waldemar, dass Luise ihn am nächsten Nachmittag zuhause aufsuchen wolle. Er möge sie bitte gegen 16:00 Uhr erwarten.

Kaum dass Waldemar das hörte, musste er lächeln.

"Wieso lächelst du?" fragte Veronika.

"Einfach so!" antwortete Waldemar, "einfach so!"

Es hätte wohl wenig Sinn gehabt Veronika zu erklären, dass solche potentielle Besuche von Luise schon oft avisiert worden waren; aber noch nicht ein einziges Mal stattgefunden hatten.

"Bleibst du noch ein wenig, wenn die anderen gegangen sind?" fragte Veronika, "Robert und ich würden uns freuen!"

"Sehr gern!" antwortete Waldemar und fragte sich, warum Luise nicht sein konnte wie ihre große Schwester.

"Ich hoffe, du hast nicht zu sehr gelitten!" sagte Robert, als er Waldemar einen Cognac entgegen hielt. "Kurt ist ein schreckliches Individuum; aber wir können ihn nun einmal nicht ausschließen!"

"Ist schon in Ordnung!" antwortete Waldemar und Robert fuhr fort:

"Veronika hat erzählt, du möchtest Luise aus den Klauen meines Schwagers befreien und mit nach Soltenau nehmen?"

Waldemar war leicht erschrocken, als er das hörte.

"Wieso weißt du das?" fragte er Robert.

"Schwesternliebe, mein Guter!" antwortete Robert und schaute dabei liebevoll zu Veronika. "Die beiden haben keine Geheimnisse voreinander!"

"Ich hoffe, du bist jetzt nicht böse, Waldemar!" sagte Veronika mit besorgter Miene.

"Aber nein!" antwortete Waldemar, "aber wenn wir schon darüber reden, dann sagt mir ehrlich eure Meinung! Glaubt ihr, dass sich Luise von Kurt trennen wird?"

Betretenes Schweigen und fragende Blicke erfüllten den Raum.

"Ihr glaubt es also auch nicht!" sagte Waldemar enttäuscht. "Ich glaube es inzwischen ja auch nicht mehr!"

"Na, na, lieber Freund!" sagte Robert, "Wer wird denn die Flinte gleich ins Korn werfen?"

Und dann erzählte Waldemar den Freunden, wie oft er schon vergebens auf Luise gewartet hätte, und dass er schon nicht mehr daran glaubte, dass sie Kurt für ihn verlassen würde.

"Soll ich einmal mit ihr reden?" erbot sich Veronika spontan; aber Waldemar lehnte ab.

"Wenn sie es nicht aus vollem Herzen von sich aus will, dann hat das keinen Sinn!"

Als Waldemar mit dem Taxi später nach Hause fuhr, begann es zu schneien.

"Vielleicht bekommen wir ja in diesem Jahr weiße Weihnachten!" sagte der Taxifahrer, "in den letzten Jahren konnte davon ja keine Rede sein."

Waldemar reagierte nicht darauf und als der Taxifahrer seinen in sich versunkenen Fahrgast im Innenspiegel betrachtete, stellte er die begonnene Konversation wieder ein.

****

Weihnachten rückte schon bedenklich nahe. Die Schaufenster der Stadt waren schon festlich geschmückt, Girlanden und Glocken spannten sich über die Straßen, und in den Geschäften plärrten ununterbrochen Weihnachtslieder.

"Ich komme am Heiligabend zu dir und dann feiern wir gemeinsam Weihnachten!"

Mit diesem Satz versetzte Luise Waldemar einen ordentlichen Schlag in sein Gemüt. Was sie ihm damit antat, war das dreisteste und gemeinste, das er sich vorstellen konnte.

"Du willst mir tatsächlich allen Ernstes sagen, dass du - ausgerechnet am Heiligen Abend - deinen Mann allein lassen willst, um mit mir Weihnachten zu feiern?"

Waldemar musste alle Kraft aufbringen diese Frage nicht hinaus zu schreien. Wie weit würde Luise noch bereit sein zu gehen, um ihn noch mehr zu verletzen, als sie es sowie schon viel zu oft getan hatte.

"Ja!" antwortete Luise und sie tat dies mit einer Festigkeit in ihrer Stimme, dass Waldemar stutzig wurde.

"Und wie soll das gehen?" fragte er, "ausgerechnet an diesem Tag?"

"Weil der 24. Dezember sein Geburtstag ist und er ihn jedes Jahr in Unmengen Alkohol ertränkt. Und weil es auch der Geburtstag von Christiane wäre!"

"Wer ist Christiane?" fragte Waldemar.

"Das ist der Name meines toten Kindes!"

Waldemar schluckte. Das mit der Totgeburt hatte ihm Veronika ja schon erzählt, nicht aber, dass es an einem Heiligabend geschehen war.

Wie gern hätte er jetzt Luise in den Arm genommen; aber es ging nicht. Als Luise ihm das erzählte, stand er mit ihr nur ein paar Schritte von den anderen Stammtischlern entfernt.

Sie standen bei Luises Auto und die anderen schauten schon herüber. Sie hätten wohl nur zu gern gewusst, was die beiden so lange zu reden hatten.

"Ich freue mich sehr, dass du an Heiligabend zu mir kommen willst. Du wirst sehen; alles wird gut!"

Waldemar begann in diesem Augenblick aus tiefstem Herzen daran zu glauben, dass in dieser besonderen Nacht für ihn und seine geliebte Luise ein neues Leben beginnen würde.

"Also dann, gute Nacht!" rief er laut, so, dass es die anderen auch hören konnten. Dann winkte er ihnen zu und ging zu seinem Auto.

Waldemar hatte eingekauft. Einige Delikatessen und Champagner. Und zwei weiße Bademäntel aus Frottee. In sie würden sie sich einwickeln, nachdem sie ein gemeinsames Bad genommen hätten und sich geliebt hätten, um danach sich an den gekauften Delikatessen und dem Champagner zu delektieren.

Es war schon fast 19:00 Uhr. Luise musste jeden Augenblick kommen. Waldemar hatte noch schnell ein kleines, fertig geschmücktes Weihnachtsbäumchen mit elektrischen Glühbirnen besorgt.

Als er es angesteckt hatte und beim Fenster hinaus sah, vor dem dicke Schneeflocken sanft zu Boden schwebten, fühlte er etwas, was er schon viele Jahre nicht mehr gefühlt hatte: Weihnachten!

Tod und Verklärung, op. 24, ist eine Tondichtung für großes Orchester von Richard Strauss. Sie entstand zwischen 1888 und 1890 und wurde unter der Leitung des Komponisten am 21. Juni 1890 in Eisenach uraufgeführt.

Dieses Musikstück ist für Menschen mit einem normalen Gemütszustand ein absoluter musikalischer Leckerbissen.

Bei Menschen mit indifferentem oder gar miserablem Gemütszustand ist diese Musik eine gefährliche Droge, welche den Hörer in einen seelischen Abgrund zu stürzen vermag.

Waldemar hatte diese Platte schon ungezählte Male abgespielt und sich ihr mit Verzücken hingegeben.

Noch nie zuvor hatte er Gefühle wie Freude, Euphorie, Schmerz, Traurigkeit, Verzweiflung mittels Musik so nachempfinden können wie bei Richard Strauss und seiner symphonischen Dichtung.

Als es kurz vor Mitternacht war, legte er diese Platte auf und ließ die Nadel des Tonabnehmers sanft herab sinken.

Er setzte sich die Kopfhörer auf und begleitete den auf dem Krankenlager von grässlichen Schmerzen geplagten Menschen auf seinem Weg der Erinnerung.

Die Kindheit zieht vorüber, seine Jünglingszeit, seine Leidenschaften.

Dann naht seine Todesstunde und seine Seele entflieht allem Irdischen, um in einer anderen Welt das zu finden, was ihm auf Erden verwehrt geblieben ist.

Die Leichtigkeit und Unbeschwertheit der Kindheit und Jugend wird mit Flöte, Klarinette und Streichern dargestellt.

Die Wende kündet sich mit Horn, scharfem Blech und Trommel an, bevor das Verklärungsmotiv den Zuhörer endgültig in größte Verzückung geraten lässt. Man fühlt, mit welcher Leichtigkeit die Seele des Sterbenden sich in höhere Sphären schwingt, losgelöst von der Last des irdischen Seins.

Waldemar fühlte sich so frei, wie nie zuvor in seinem Leben. Alle Probleme waren von ihm abgefallen.

Es gab keine Zweifel mehr, keine Ängste und vor allem keine Hoffnungen mehr, denen er nachjagen musste. Ein wunderbarer Frieden hatte sich auf seine Seele gelegt.

****

Rückkehr

Waldemar hatte das Autoradio aufgedreht.

Wie nicht anders zu erwarten, klangen besinn-liche Weihnachtslieder aus dem Lautsprechern, und Waldemar sang die wenigen Textstellen, die ihm bekannt waren, aus Leibeskräften mit.

Der Schneefall wollte nicht aufhören; aber es waren nur ganz wenige Autos unterwegs. Alle saßen zuhause in ihrer warmen Stube und feierten die Geburt des Heilands.

Ob Luise vielleicht auch feierte? Vielleicht sogar den Geburtstag von Kurt, der in diesem Jahr ausnahmsweise einmal nüchtern geblieben war?

Wer weiß das schon?

"Ist aber auch völlig egal", dachte Waldemar, "ich habe mit dieser Frau nichts mehr zu tun! Und die Liebe kann mir auch gestohlen bleiben, weil es sie gar nicht gibt!"

Waldemar fuhr auf den kleinen Parkplatz am Fuße des Hasenhügels und stieg aus. Es mag pedantisch erscheinen; aber er hatte einen Brief auf die Ablage des Fahrzeugs gelegt, in welchem er seinen Namen und seine Adresse notiert hatte.

Als er einige Meter weit den Berg hinauf stapfte, sank er tief in den Schnee ein. Was sonst in zehn

Minuten zu bewältigen war, dauerte in dieser Nacht fast eine halbe Stunde.

Dann war er angekommen. Noch ein paar Schritte, unterhalb einer Heckenreihe, dann hatte er die kleine Bank erreicht, auf der er schon ungezählte Male gesessen war.

Von ihr aus hatte man einen herrlichen Blick hinunter auf das Dorf. Heute war er besonders schön. Die vielen, kleinen Lichter der Häuser, die aus dem Schnee hervorstachen, schafften ein romantisches Bild.

"Was für eine perfekte Kulisse für meinen letzten Auftritt!" dachte Waldemar und wischte den Schnee von der Bank. Dann packte er seinen Discman aus und erschrak. Er hatte die Kopfhörer vergessen.

Jetzt konnte er die Tondichtung "Tod und Verklärung, op. 24 von Richard Strauss", die er sich extra als CD gekauft hatte, nicht hören.

"Selbstmord mit Hindernissen!" sagte Waldemar leise vor sich hin und lachte.

"Macht nichts!" sagte er, "dann singe ich eben irgendetwas!"

Dann öffnete er die Flasche "Tears of Rasputin" und nahm einen kräftigen Schluck.

Den Wodka hatte ihm seine Vermieterin einmal geschenkt als kleine Anerkennung für eine geleistete

Arbeit. Es war wohl ein günstiger Kauf im Supermarkt gewesen. Das Etikett zierte ein Konterfei des russischen Mönches und Wunderheilers Rasputin.

"Nastarowje!" sagte Waldemar und nahm einen weiteren, noch größeren Schluck aus der Flasche. Dann zündete er sich eine Zigarette an.

Die Gelassenheit und die Freude über die schöne Aussicht begannen sich mit der Unbehaglichkeit der winterlichen Kälte abzuwechseln.

Waldemar trank, was das Zeug hielt, und der Pegel der Flasche war schon deutlich erkennbar gesunken. Er hatte nicht gedacht, dass sein Plan der irdischen Entsorgung so schwierig verlaufen würde.

Ein Flasche Wodka austrinken, durch den Alkohol der Erde sanft entrückt einschlafen und nie mehr aufwachen. Der Perfekte Tod!

Aber wie das gerade ablief war nicht so toll. Waldemar nahm wieder einen Schluck aus der Flasche und wollte sich eine neue Zigarette anzünden.

So sehr er sich bemühte, der aufkommende starke Wind blies ihm jedes Mal die Flamme seines Feuerzeugs wieder aus.

Und die erhoffte Müdigkeit wollte sich auch nicht einstellen.

"So ein Mist!" fluchte Waldemar laut und warf die Wodkaflasche, die er bis auf den Grund geleert hatte, in weitem Bogen in Richtung Dorf.

Er zitterte am ganzen Körper. Immer wieder schrie er hinauf in den nächtlichen Himmel:

"Luise! Luise! Luise!"

Dann sank er auf die Knie und begann bitterlich zu weinen. Sein lautes Rufen nach der Frau, die ihm so viel Liebesschmerz verursacht hatte, wurde immer leiser und verstummte irgendwann.

Was dann geschah, wird wohl niemals zu erklären sein. War es der vom Alkohol umnebelte Verstand des Mannes oder die Mystik der Heiligen Nacht? Waldemar stand plötzlich auf, stieg den Berg wieder hinunter und setzte sich ins Auto.

Dann fuhr er solange, bis ihn eine Polizeistreife aufhielt.

"Guten Abend! Von wo kommen Sie und wohin wollen Sie fahren?" fragte ein Beamter. Und dann:

"Steigen Sie aus und die Fahrzeugpapiere bitte!"

"Kann ich nicht sitzen bleiben?" fragte Waldemar. "Mir ist so kalt!"

Auf der Polizeiwache wurde ein Protokoll aufgesetzt und dann wurde Waldemar eröffnet, dass er den Rest der Nacht wohl auf der Wache verbleiben müsste.

"Das ist schön!" sagte Waldemar. "Dann bin ich wenigstens nicht so allein! Vielen Dank und frohe Weihnachten!"

Die Beamten sahen sich fragend an. In ihrer ganzen Dienstzeit war ihnen noch nie ein so freundlicher, friedfertiger und über die Maßen alkoholisierter Zeitgenosse untergekommen.

Nachtrag

In einem anderen Protokoll, das Stunden zuvor aufgenommen wurde, stand zu lesen:

Am Abend des 24. Dezember, gegen 19:00 Uhr fand auf der Bahnhofstrasse ein folgenschwerer Unfall statt.

Ein betrunkener Autofahrer fuhr ungebremst in ein von links kommendes, in Vorfahrt befindliches Taxi hinein, und verletzte den Fahrgast, der auf der Beifahrerseite des Fahrers saß, schwer.

Die Verletzte, es handelt sich um eine 44-jährige Frau, wurde mit der Rettung in das nahe gelegene Krankenhaus gebracht. Die Verletzungen sind so schwer, dass das Unfallopfer in ein künstliches Koma versetzt werden musste. Sie schwebt in akuter Lebensgefahr.

Nach Auskunft des Taxilenkers war die Frau in einer euphorischen Stimmung. Das drückte sich in der Bemerkung aus "sie würde zu ihrem Liebsten in die Schillerstraße fahren, um mit ihm eine neues Leben zu beginnen!"

Spekulation

Ob Waldemar von Soltenau der Liebe je noch einmal eine Chance geben wird, muss leider unbeantwortet bleiben.

Es würde ja auch von verschiedenen Faktoren abhängen:

Zum einen, ob Luise dem Leben erhalten bleibt und zum anderen, ob Waldemar überhaupt den Mut noch dazu aufbringen kann.

Die nächste Zeit wird er erst einmal damit verbringen seine waidwunde Seele zu lecken.

Luise wird die Zeit dafür nützen schnell wieder zu genesen.

Und vielleicht...

Ja, doch! Ich finde, die zwei würden ganz gut zusammen passen.

Ich halte ihnen auf jeden Fall die Daumen.

Und du, lieber Leser?